COLLECTION NATIONALE

Autant de lecture que dans un volume à 9 francs pour

95 cent.

l'ouvrage complet illustré

ALPHONSE CROZIÈRE

LA CHANSON DE L'INCONNU

F. ROUFF, éditeur, 8, Boulevard de Vaugirard - PARIS

LA CHANSON DE L'INCONNU

CHAPITRE PREMIER

Il y avait à peine dix minutes que M. Goffé était de retour de la Bourse lorsqu'un garçon de bureau vint lui annoncer :

— Madame Goffé.

— Faites-la entrer, répondit le banquier d'une voix rude.

La visiteuse pénétra dans le grand bureau clair aux portes capitonnées.

C'était une femme de quarante ans, aux cheveux grisonnants, d'une élégance sobre. Elle avait dû être très jolie. Les traits exprimaient à la fois une grande distinction et une profonde tristesse.

M. Goffé l'invita à s'asseoir et d'une voix nette :

— Si je vous ai fait venir, ce n'est pas pour vous prier de reprendre la vie commune, rassurez-vous... Voici huit ans que nous avons jugé bon de nous séparer, et, voyez-vous, nous ne connaissons que les inconvénients de la séparation sans en goûter les avantages...

Mme Goffé l'interrompit :

— Je vois où vous voulez en venir... Le divorce, n'est-ce pas?

— Oui, le divorce.

— Inutile, je n'y consentirai jamais.

— Et pourquoi?... Reprenons réellement notre liberté tous deux... Vous êtes encore jeune, vous pouvez vous refaire une vie agréable, vous remarier avec ce Paul Brénault qui fut votre grand amour de jeune fille...

— N'insitez pas.

— Au contraire, je ne saurais trop insister... Quand vous m'avez épousé, vous ne m'aimiez pas... Votre père était ruiné. Il vous a jetée dans mes bras... J'ai empêché une banqueroute...

— Je vous en suis toujours reconnaissante, mais pourquoi rappeler ces souvenirs?

— Laissez-moi parler, je vous prie. C'est par dévouement que vous m'avez épousé... Pas la moindre affection...

— Elle aurait pu venir cette affection, mais que n'avez-vous fait pour l'empêcher de se manifester?... J'ai vécu près de vous huit années terribles... Vous étiez jaloux, grossier, brutal... J'ai tout supporté pour notre enfant jusqu'au jour enfin où l'intrusion de Mme de Fargue dans cette banque acheva de nous désunir... Oh! je vois bien quel serait votre désir : obtenir le divorce pour épouser cette ambitieuse. Elle continuera à intriguer, car elle est tenace... Mais moi aussi je suis tenace...

Il l'interrompit :

— Oh! Jeanne, ne dites pas de mal de cette femme, la plus honnête des femmes...

Mme Goffé martela la table de son poing ganté :

— Eh bien non, pas de divorce, ce serait faire le jeu de Mme de Fargue que j'exècre...

— Elle ne dit que du bien de vous.

Un ricanement de Mme Goffé souligna la réflexion du financier. Il reprit :

— Alors, vous renoncez au divorce simplement pour m'être désagréable et l'être, par surcroît à cette femme méritante, quoi que vous en disiez...

Mme Goffé eut une hésitation, puis, gravement :

— Il y a autre chose qui me retient : l'avenir de Suzanne. Suzanne ne tardera pas, sans doute à se marier. Elle sera bien dotée. Elle trouvera un parti intéressant. Or, notre divorce peut être un écueil. Il y a encore aujourd'hui des familles austères qui ne peuvent l'admettre. Plus tard, lorsque Suzanne sera mariée, nous verrons...

Un sourire éclaira les gros yeux à fleur de tête du colosse légèrement congestionné qui écoutait, adossé sur son fauteuil, les deux mains croisées sur le ventre :

— Rassurez-vous, Jeanne, la famille dans laquelle entrera bientôt Suzanne s'accommodera très bien de notre divorce.

Mme Goffé sursauta :

— Comment, Suzanne serait fiancée, et elle ne m'aurait rien dit?

— Non, pas encore fiancée, mais Pierre de Fargue ne lui déplait pas.

— Ainsi, vous donneriez Suzanne, à ce...

Les mots s'étranglèrent dans sa gorge.

— Pourquoi pas? C'est un garçon d'une éducation parfaite, d'une grande valeur. Il jouit à la banque d'une situation privilégiée... Après son mariage avec Suzanne, il deviendra mon associé...

— La mère n'a pas perdu son temps.

— Ne la critiquez pas. C'est une mère sublime, une femme irréprochable, vous dis-je. Ah! celle-là n'eut pas à se féliciter de son mari. Il n'avait pas les défauts que vous me reprochez, il était faible, doucereux et savait tourner de belles phrases. En attendant, il a dévoré au jeu la dot de sa femme, et lorsqu'il n'y avait plus rien à manger, il est mort tranquillement... Tenez, je vois toujours Mme de Fargue, dans sa pauvre robe de veuve, à la place que vous occupez en ce moment. Elle avait retiré son fils du lycée et venait me supplier de le prendre comme employé à la banque. Elle avait une belle attitude. Elle ne fut ni larmoyante, ni hautaine. Sa simplicité résignée me toucha.

— J'en sais quelque chose, puisqu'elle vous fascina au point de vous rendre encore plus insupportable que vous ne l'étiez auparavant... Son autorité m'a été funeste... Et j'ai préféré la séparation à une vie qui n'était plus tenable...

— Eh bien, maintenant que vous savez à quel homme je destine Suzanne, et puisque vous n'avez plus à redouter l'hostilité au divorce de quelque famille austère, j'attends votre consentement...

Mme Goffé se leva :

— Non... Pas de divorce.

— Prenez garde, Jeanne. Vous connaissez notre contrat de mariage. Je ne vous ai reconnu aucune dot. Je suis le maître de la situation. Vous n'avez

F. Rouff, édit. — 1927

droit à rien, je vous sers actuellement une pension de trente mille francs, je peux vous couper les vivres du jour au lendemain. Réfléchissez. Tenez, je suis bon prince : divorçons, et je m'engage à vous assurer quarante mille francs.

— Eh bien, non... Vous me laisserez mourir de faim si vous voulez, mais je ne divorcerai pas...

— Allons, pas de coup de tête... Vous le regretteriez... Nous avons adopté une méthode qui nous permet de jouir autant chacun de l'affection de Suzanne. Nous l'avons à tour de rôle six mois de l'année, elle passe les beaux jours chez vous, dans la petite propriété de l'Étang-la-Ville, et les mauvais chez moi, dans l'hôtel particulier de l'avenue du Bois. Eh bien, si je voulais me venger de votre obstination, je pourrais la rappeler, l'obliger à revenir au domicile paternel. Ce serait vite fait. Et alors, peut-être consentiriez-vous au divorce?

Les yeux de Mme Goffé s'étaient remplis de larmes.

Elle retomba sur sa chaise en gémissant :

— Vous auriez le courage de me priver de ma fille... Oh! c'est mal, c'est mal... Encore une idée que vous a suggérée Mme de Fargue...

— Mais ne croyez donc pas Mme de Fargue la directrice de toutes mes volontés, c'est grotesque, en vérité! Je vous jure que Mme de Fargue n'est qu'une étrangère pour moi, mais une étrangère que j'aime... Oui, je l'aime cette femme, je l'aime comme un fou... Il faut que vous le sachiez... Et vous ne pourrez m'en vouloir, vous qui ne m'avez jamais aimé... Je ferai tout pour l'épouser... Aucun obstacle ne me résistera.

A présent, Mme Goffé sanglotait. Le banquier la regardait sans attendrissement, en homme habitué à ce qu'on lui cède. Sa bouche, sous la moustache grisonnante, taillée à l'américaine, avait un petit tortillement satisfait.

Il se leva, posa la main sur l'épaule de sa femme :

— Écoutez, Jeanne, vous allez sortir d'ici avec l'idée ancrée dans cette tête que Mme de Fargue met tout en œuvre pour se faire épouser par moi... C'est une erreur... Je vous laisse Suzanne jusqu'à l'automne, mais je vous en demande en grâce de ne pas la détourner du mariage que je projette... Croyez bien qu'elle trouvera dans Pierre de Fargue, un mari digne d'elle... Vous avez encore un oncle et une tante aux environs de New-York. Ils sont très âgés, et vous supplient, dans toutes leurs lettres, de venir passer quelque temps près d'eux... Partez là-bas, donnez-leur cette dernière satisfaction... Le mariage de Suzanne et de Pierre se fera pendant votre absence. Vous savez qu'en cas de dissentiment entre époux, le consentement du père suffit... Acceptez cette solution, c'est à cette condition que je continuerai à vous servir votre pension... Voyez, je suis conciliant... Peut-être qu'à votre retour, en voyant Suzanne mariée, vous céderez sur la question divorce...

Un long silence succéda aux exhortations du banquier.

Trop faible pour lutter contre la volonté de son mari, Jeanne se leva.

— C'est bon, dit-elle, je ferai ce que vous me commandez; après le départ de Suzanne, je quitterai la France pour quelques mois... Au revoir.

Il se leva pour la reconduire.

— Oh! ne m'accompagnez pas, c'est inutile, je vous dispense de cette politesse, fit-elle en précipitant le pas...

M. Goffé ne tint pas compte de cet ordre. Il voulait se montrer correct...

Lorsque sa femme eut disparu, il murmura en sortant un cigare de sa poche :

— Je la tiens, elle aura beau dire et beau faire, il faudra qu'elle cède...

II

La peur seule de se voir retirer Suzanne avait amené Jeanne à accepter les conditions de l'homme [illegible].

Elle n'avait qu'une hâte : se retrouver près de la gentille enfant qui égayait sa vie. Elle regagna rapidement la gare Saint-Lazare, le cœur gros, marmottant :

— Quand elle sera mariée à ce Pierre de Fargue, je ne l'aurai plus jamais... La mère fera tout pour la retenir loin de moi... Oh! cette femme!... Dire que je devrai m'incliner... Quel supplice!...

Vers six heures, le train déposait Mme Goffé à l'Étang-la-Ville.

Elle gagna la jolie villa enfouie dans la verdure, qu'elle avait baptisée *Doux Exil*...

Comme elle allait entrer, elle fut retenue derrière les glycines qui serpentaient le long de la grille, par la voix, vraiment captivante de Suzanne. Jamais elle n'avait entendu sa fille chanter avec plus d'application.

Accompagnée au piano par sa cousine Ginette, Suzanne recommençait une romance que Mme Goffé entendait pour la première fois :

A deux époques de la vie
L'homme prononce en bégayant
Deux mots dont la douce harmonie
A je ne sais quoi de touchant.
L'un est : maman, l'autre : je t'aime.
L'un part des lèvres de l'enfant
Et l'autre arrive de lui-même
D'un cœur épris, tout simplement...

— Bravo, bravo! criait Ginette... Ma petite Suzanne, tu arrives à chanter cette romance à la perfection.

Charmée des progrès de sa fille, Mme Goffé écouta le second couplet :

Quand le premier se fait entendre,
Soudain, une mère y répond.
La jeune fille devient tendre
Quand son cœur entend le second.
Mais il convient de prendre garde
Au joli mot plein de douceur
Car souvent tel qui le hasarde
N'en conquit jamais la valeur.

— De mieux en mieux, applaudit Ginette. Quelle révélation, ma petite Suzanne... Une voix à entrer au Conservatoire... Au dernier couplet...

Il faut une prudence extrême
Pour savourer ce mot charmant,
Celui qui mieux dit : « Je vous aime »,
Est plus souvent celui qui ment.
D'un charmeur parlant à merveille
Redoute l'aveu plein d'esprit
C'est ton cœur et non ton oreille
Qui doit entendre ce qu'il dit...

Mme Goffé n'avait pas attendu la fin du couplet pour pénétrer dans le jardin et gagner la maison...

Comme Ginette s'émerveillait de nouveau du talent de l'interprète, la porte s'ouvrit.

— Maman, s'écria Suzanne en se jetant dans les bras de Mme Goffé... Nous ne t'avions pas entendue rentrer.

— Et moi, je t'entendais bien, ma Suzanne. Je partage l'opinion de Ginette... Jamais ta voix n'a été plus souple... Tu as mis toute ton âme à interpréter cette jolie chose.

— N'est-ce pas, ma petite tante? approuve Ginette en embrassant à son tour Mme Goffé.

Mais Suzanne remarqua que sa mère avait les yeux rouges :

— On dirait que tu as pleuré?...

Mme Goffé chercha vite une explication :

— Cet air me tirait les larmes... Mais qui t'a donné cette chanson?

— Figure-toi que nous l'avons trouvée dans le paquet de musique apporté l'autre jour par M. Brénault. Depuis ton départ nous nous sommes amusées à déchiffrer valses, polkas, tangos. Et, soudain, j'ai fait cette trouvaille.

— C'est intitulé?

— *Je vous aime.*

— Tout simplement! s'écria Ginette en riant.

— Et l'auteur?

— Pour les paroles, des initiales : M. R. Pour la musique : David Maillac, un inconnu...

— Mais un inconnu qui fera son chemin si ses inspirations sont toujours aussi heureuses, ajouta vivement Ginette.

Alors, Suzanne en s'asseyant sur le canapé et en tirant câlinement Mme Goffé près d'elle :

— Voyons, petite maman, assez de musique pour aujourd'hui, raconte-nous ce que tu as vu de beau dans les magasins?...

Mme Goffé eut recours à son imagination et s'en rapporta aux nouvelles modes, dont parlait son journal pour donner les quelques explications demandées.

Suzanne ne devait pas savoir qu'elle avait eu un entretien avec son père! Mais on eût dit que la gentille enfant soupçonnait le mensonge :

— Pauvre maman, tu parais lasse, mais lasse... Et puis, tu n'es pas la même qu'à ton départ... On dirait que tu as éprouvé une émotion...

Mme Goffé se dressa, incommodée par la réflexion :

— Sauf la fatigue, je n'ai rien, je t'assure... Allons, je te laisse avec Ginette... J'ai besoin de me mettre à mon aise...

Elle partit précipitamment, craignant de ne pouvoir retenir ses larmes...

Quand elle fut dans sa chambre, elle murmura :

— Enfin seule... Ah! pouvoir pleurer, pleurer, sans être observée, ni questionnée!...

L'attitude énigmatique de sa mère venait de rendre Suzanne rêveuse.

Jolie, mutine, l'allure un peu garçonnière, les cheveux d'un blond d'or, ébouriffés, Suzanne était de ces jeunes filles sentimentales, naïves, promptes à s'enthousiasmer et chez lesquelles le cœur commande au cerveau.

Elle s'était assise près de Ginette et, d'un ton chagrin :

— As-tu remarqué comme moi que maman était soucieuse? D'habitude, lorsqu'elle va à Paris, elle en revient enjouée, heureuse de se sentir dans cette jolie maison...

Ginette, à l'encontre de Suzanne, était la jeune fille réfléchie, qui observe, à laquelle rien n'échappe, mais qui sait dissimuler ses impressions. Elle savait l'attraction qu'exerçait Mme de Fargue sur M. Goffé, mais ne croyait nullement nécessaire de s'en ouvrir à Suzanne. Elle répondit :

— Ta pauvre maman pense peut-être quelquefois à cette séparation... Cela l'afflige!

— Pourtant, chérie, tu sais combien je lutte pour les rapprocher tous les deux.

— Oui... je sais.

— Oh! si je pouvais réussir... Cet hiver, je m'y emploierai encore, de toute mon âme... Tu verras...

Ginette souriait à l'illusionnée. Elle se rapprocha de sa cousine et, l'embrassant avec compassion :

— Pauvre chérie... Je souhaite que tu réussisses...

Elle était aussi brune que Suzanne était blonde. Un visage sérieux, des yeux très vifs soulignés de bistre, pas très jolie, mais un si beau sourire!...

— Tu m'y aideras, hein, ma petite? fit promettre Suzanne.

— Oui, oui, répondit Ginette sans conviction, mesurant toute l'inutilité de tels efforts.

A ce moment, on sonna à la grille. Les deux jeunes filles se levèrent.

C'était Clémence, la vieille bonne de M. Brénault.

— Entrez, Clémence, entrez... lui cria Suzanne, M. Brénault est revenu?

— Non, mademoiselle. J'ai reçu un petit mot, il compte être à *La Roseraie* dans trois jours... Je me suis permis de vous apporter quelques fruits. Vous n'avez pas de reines-Claude dans votre jardin... Eh bien, vous goûterez celles-ci...

— Comme vous êtes gentille.

— Je n'entre pas... Je me sauve, je suis pressée.

Elle entrebâilla la porte du jardin, déposa le panier contre un tilleul et, avec un beau sourire :

— Au revoir, mesdemoiselles, à bientôt.

— Au revoir, Clémence, les remerciements de tous...

Suzanne vint reprendre sa place sur le canapé :

— M. Brénault rentre dans trois jours... Tant mieux... Je l'aime bien, M. Brénault, moi. Et toi, Ginette?

— A qui M. Brénault ne plairait-il pas? La correction même, sympathique, aimable, causeur charmant...

— Il paraît que, dans sa jeunesse, il était amoureux fou de maman.

— Je le savais...

Elle se reprit :

— Oui, du moins, je m'en suis douté... Il est toujours ému quand il vient ici... Il me donne l'impression d'un jeune homme timide qui vient faire sa cour.

Suzanne se mit à rire :

— Oh! Ginette, en as-tu de drôles d'idées?... Enfin, dans trois jours nous le reverrons, il nous racontera des histoires divertissantes et fera des mots d'esprit.

Elle s'était levée pour réparer le désordre de ses cheveux. Et, devant la glace, elle fredonnait l'air de *Je vous aime.*

— Ça te poursuit? fit Ginette.

— Oh! ma chère, une véritable obsession... J'en raffole... C'est la première fois que pareille chose m'arrive.

— L'auteur de la musique serait flatté de se savoir une si grande admiratrice...

— Je veux le complimenter ce compositeur.

— Le complimenter?

— Oui, par un mot... Tu vas voir...

— Oh! Suzanne, ce n'est peut-être pas convenable.

— Quel mal y a-t-il? Ça le flattera, je suppose...

— Tu m'amuses!

Suzanne courut à son petit secrétaire, traça quelques mots rapides.

— Ecoute, Ginette... « Monsieur, le hasard m'a mis sous les yeux votre romance : *Je vous aime.* Elle est tout simplement exquise. Aussi, permettez-moi de vous adresser mes plus sincères félicitations... » Ce n'est pas compromettant... et cela lui fera plaisir.

— Et tu signes?

— Naturellement, je signe. Pourquoi ne signerais-je pas?

— Et où adresseras-tu ta lettre?

— Cette question!... Chez l'éditeur, qui la lui fera parvenir... Aussitôt après dîner, nous irons toutes les deux la mettre à la poste... Mais n'en parle pas à maman.

— Grande folle!

III

Trois jours s'étaient écoulés. Suzanne et Ginette ne pensaient déjà plus aux quelques mots de compliments quand, un après-midi, un jeune homme passa et repassa lentement devant le *Doux Exil*, examinant la maison avec curiosité.

Suzanne travaillait à un chemin de table. Elle remarqua le curieux et poussa du coude Ginette, qui brodait un mouchoir :

— Un monsieur qui cherche sans doute quelque chose à louer.

— Il est très bien.

— Et pas un visage banal...

Elles virent l'inconnu s'éloigner, puis revenir sur ses pas, s'arrêter enfin devant la grille et sonner...

— J'y vais, fit Suzanne.

— Moi aussi, dit Ginette.

En voyant les deux jeunes filles apparaître, empressées, le jeune homme parut un peu troublé. Il se découvrit et s'inclina :

— Je vous demande pardon de vous déranger, mesdemoiselles, je cherche une maison à louer et je sonne çà et là au hasard... Comme j'ai assez confiance dans le hasard...

Sa voix était harmonieuse et franche. Son sourire enveloppant.

— De ce côté, je ne vois rien à louer, répondit Suzanne en rougissant un peu.

Ginette allait ouvrir la bouche. Suzanne ne lui laissa pas le temps de parler :

— Peut-être pourriez-vous demander à Mme Biot, la personne qui habite la troisième maison faisant suite à celle-ci. Cette dame voulait sous-louer.

— Merci, mademoiselle, je vais me renseigner... Encore une fois, toutes mes excuses.

Il s'éloigna dans la direction indiquée en murmurant :

— Laquelle des deux?... Oh! si c'était la blonde!...

Il se dispensa de sonner chez Mme Biot, et, après un grand détour, gagna une maison modeste de paysan, qu'il avait arrangée avec un goût parfait, en artiste...

Une vieille dame souffreteuse, aux cheveux blancs, était assise dans le petit jardin qui précédait la maison. Elle lui annonça :

— Mon cher David, pendant ta courte absence, M. Brénault est arrivé...

— Vraiment?... Tant mieux... Je vais aller le voir, et toute de suite...

Il sortit à la hâte et gagna *La Roseraie* en quelques enjambées.

La grosse cloche de la grille rendit de jolis sons.

— C'est moi, mon cher propriétaire, annonça le jeune homme.

Une voix sympathique répondit :

— Entrez donc, entrez donc.

— Je ne vous importune pas?

— Vous ne m'importunez jamais...

Le visiteur longea une allée ensablée qui contournait une vaste pelouse.

Une vigoureuse poignée de mains, et le jeune homme demanda :

— Ce petit voyage?

— Il s'est très bien passé, je vous remercie... Mais venez donc un peu dans mon bureau.

— Je suis confus vraiment de tomber là, en intrus, juste au moment de votre retour, mais je ne reste que cinq minutes...

— Entrez, entrez, insista M. Brénault.

C'était un homme de cinquante ans, robuste, le front large, les tempes grisonnantes, visage glabre, profil napoléonien, des yeux bleus, accueillants et bons. Il portait une minuscule rosette de la Légion d'honneur.

Le jeune homme le suivit dans un long vestibule où un immense cadre de chêne présentait la coupe d'un cuirassé dans tous ses détails, avec cette signature : Paul Brénault, ingénieur de la Marine.

— Eh bien, voyons, travaillez-vous beaucoup en ce moment? s'écria M. Brénault en présentant un siège au visiteur.

— C'est-à-dire que je travaille lentement, mais le coin que j'habite avec ma mère est si propice à l'inspiration... Quelquefois, à une heure du matin, je suis encore devant mon piano.

Tout en parlant, il tira une longue enveloppe mauve de sa poche :

— Monsieur Brénault, vous excusez ma hâte de vous voir, mais il me semble vous avoir entendu parler un jour d'une certaine famille Goffé... Or, voici une lettre signée Suzanne Goffé, reçue avant-hier. Prenez-en connaissance.

L'ingénieur lut les quelques mots de Suzanne et parut se divertir de l'attention.

— Qu'est-ce que vous en pensez? questionna David. Lui avez-vous parlé de moi?

— Pas du tout, mon cher ami... Avant mon départ, je lui ai remis un paquet de grands formats où se trouvait la mélodie en question... Cette mélodie l'a séduite... Toutes mes félicitations... Son avis a le mérite de la sincérité.

Et en riant :

— Très amusant... Si elle se doutait que vous habitez à cinq minutes du *Doux Exil*...

David répondit :

— Ces quelques mots, venant d'une admiratrice inconnue, m'ont vivement touché... et j'ai voulu connaître la personne qui me les avait écrits... Je n'ai pas dit mon nom... J'étais censé chercher un gîte... J'ai été reçu par deux jeunes filles une brune et une blonde...

— Mlle Goffé est la blonde...

— Vraiment? fit David Maillac soudainement radieux... Elle est exquise...

— Est-ce que ce serait l'étincelle, dites-moi?

— Oh! monsieur Brénault, répondit David rougissant, notre entrevue n'a duré que le temps d'une étincelle.

— En tout cas, la lueur de cette étincelle fut suffisante pour que vous ayez le temps de détailler Suzanne et de la trouver exquise... Eh bien, je vais aller voir Mme Goffé... je les inviterai, elle, sa fille et sa nièce à venir prendre le thé à *La Roseraie*... Je vous présenterai, et je jouirai de la surprise de votre admiratrice lorsque j'aurai prononcé votre nom.

Le musicien tendit la main à son voisin de campagne :

— Vous êtes le plus charmant homme du monde... Je vous quitte... A bientôt, et merci.

— Comment, déjà?

— Oui, je ne veux pas abuser... On apporte vos malles...

Il s'esquiva tandis que l'ingénieur lui criait :

— Mes compliments à Madame votre mère...

IV

Le lendemain, après déjeuner, Suzanne et Ginette résolurent d'aller faire une promenade dans la forêt de Marly. Les deux jeunes filles avaient longtemps parlementé avec Mme Goffé pour qu'elle consentît à les accompagner. Mais la femme du banquier refusa, ne doutant pas que la première visite de M. Brénault serait pour elle...

Elle attendit le grand ami avec impatience.

Vers trois heures, l'ingénieur était au *Doux Exil*.

— Chère amie, vous ne sauriez croire combien le temps me paraît long lorsque je suis loin de vous...

Il s'inclina sur la main qu'elle lui tendait.

— Et pourtant, répondit-elle avec des larmes dans la voix, il va falloir que nous nous accoutumions à une séparation plus longue encore... Vous ne me verrez pas à l'Etang-la-Ville cet hiver.

Brénault pâlit :

— Serait-ce la réconciliation avec le mari brutal qui vous rendit si malheureuse?

— Non... Il veut m'éloigner de ma fille... Il désire la marier avec le fils de cette Mme de Fargue... Il m'a fait appeler à Paris pour m'exprimer ce désir... Ce sera le triomphe de cette ambitieuse.

Elle ne pouvait retenir ses larmes.

— Et ce Pierre de Fargue plaît à Suzanne?

— Pauvre petite... Ne fera-t-elle pas ce que voudra son père? Ce n'est qu'une enfant... Je suis sûre que le secrétaire de mon mari, beau parleur, plus intéressé que sincère, doit être invité souvent dans cet hôtel de l'avenue du Bois où je n'ai connu que les tristesses et les désenchantements de la vie mondaine... Ce sera un mariage sans amour, ordonné par une femme qui a réussi à dominer le dominateur... Ah! tout ce que je puis souhaiter, c'est que la pauvre enfant ne soit jamais aussi malheureuse que je l'ai été... Oui, mon cher Paul, Roland me force à quitter cette maison où ma vie s'écoulait, si paisible, loin d'un luxe insolent pour lequel je n'étais pas faite...

— Et où vous oblige-t-il à vous retirer?

— Il désire que j'aille passer quelque temps près de mon oncle Jouan.

— A New-York!... Et vous n'avez pas résisté?

— A quoi bon... Oh! si j'avais voulu rester, c'était facile... Accepter ses exigences... Il me proposait le divorce.

L'ingénieur prit la main de Mme Goffé et la pressa fortement. Un espoir mit une lueur dans ses yeux.

— Oh! Jeanne... Vous n'avez pas accepté?... C'était pour nous deux un peu de ce bonheur que les circonstances rendirent impossible... Jeanne, Jeanne, je vous en conjure...

Lentement, il s'était rapproché d'elle. Jamais Mme Goffé n'avait vu les yeux de l'ancien fiancé si suppliants. Soudain, elle sentit ses lèvres si près des siennes qu'elle prit peur, se dressa, la main sur la poitrine :

— Vous savez bien que je vous ai toujours gardé une place là, mon pauvre Paul... Accepter le divorce! mais ce serait me prêter à une comédie odieuse... l'approuver même... Ah! je n'aurais pas Suzanne, ma réponse serait vite donnée... Je reviendrais vers vous... Quant à faciliter les intrigues de Mme de Fargue, lui permettre de devenir Mme Goffé lorsqu'elle aura réussi à obtenir Suzanne pour son fils, cela jamais!...

Sa voix se mouillait :

— Que de nuages encore accumulés au-dessus de moi... Quand Suzanne sera mariée, ce sera sans doute l'éloignement progressif... Nul doute que Mme de Fargue ne cherche à l'arracher peu à peu à mes tendresses...

M. Brénault s'efforça de la consoler :

— Suzanne vous adore, elle réagira...

— Elle fera son possible, elle luttera la pauvre petite, et, pour avoir la paix, elle cédera... L'éloignement de Suzanne, accaparée par deux êtres qui

Il se découvrit et s'inclina (p. 4.)

me détestent, ce sera pour moi la mort lente... J'aurais tout supporté de mon mari pour rester près de Suzanne, mais il a été odieux, allant jusqu'aux injures, aux menaces poussant l'indignité jusqu'à m'insulter devant les domestiques... Oh! quel calvaire!...

Elle sanglotait, et ses sanglots trouvaient un écho au plus profond du cœur apitoyé de l'ami fidèle.

Elle reprit :

— Moi aussi, j'avais hâte de vous revoir. Il y a des désespoirs que l'on ne peut garder complètement pour soi. Ils vous écrasent trop. Il me semble bon de les sentir partagés, cela me soulage...

Et ce fut entre ces deux êtres meurtris l'évocation d'un passé d'amour contrarié et de regrets toujours latents.

Mme Goffé murmurait :

— Mon pauvre Paul... Pourquoi cette fatalité acharnée qui fit de nous deux victimes?... Vous, sans fortune... L'usine de mon père en pleine débâcle... Des dettes, des poursuites, le désastre... Roland apparut à mon père en sauveur... Il fallait accepter ce mariage...

— Qui fut pour moi un coup terrible.

— Oh! est-il plus grand supplice que de vivre près d'un homme qu'on n'aime pas, qu'on ne peut aimer, et qui le sent si bien qu'il ne vous épargne aucun froissement... Chaque jour amenait une querelle... Oh! mes rêves de jeune fille opposés soudain à cette réalité odieuse! Roland n'avait qu'un but : faire fructifier sa fortune. Sorti des calculs de finance, rien ne pouvait l'intéresser. Heureusement, Suzanne vint... Ce fut la grande consolatrice...

Elle conclut :

— Allons, puisqu'il faut partir... puisque je gêne encore...

— Et Suzanne est au courant?

— Non, elle ignore même l'entretien avec Roland... J'ai dû jurer de ne pas me mettre en travers des projets de mon mari... Je ne ferai rien qui puisse nuire à l'avenir de mon enfant... Roland est un homme terrible, il prendrait des résolutions brutales...

— Si la question d'argent seule vous empêche de lutter, chère amie, je suis là... Je ne vous laisserai manquer de rien.

— Merci, Paul... Il est impossible que j'accepte... La médisance fait tant de mal... Mon mari sait que je n'ai pour vivre que ce qu'il me donne... Ce serait alors ma réputation que cette femme attaquerait... On chercherait à ébranler la confiance de Suzanne dans l'austérité de sa mère. Il ne le faut pas...

Il y eut entre eux un long silence, puis M. Brénault expliqua :

— Pour briser l'influence de Mme de Fargue, je verrais pourtant un moyen : que Suzanne s'éprît d'un jeune homme et qu'elle déclarât à son père qu'elle n'en veut pas d'autre...

Mme Goffé sourit, et sceptique :

— Vous croyez que la volonté de Suzanne prévaudrait celle de son père. Ah! vous connaissez mal la tyrannie de Roland... Il s'est mis en tête de faire ce mariage, il n'en démordra pas... Mais silence sur toutes ces choses qui me bouleversent... Voici Suzanne et Ginette qui reviennent de promenade...

En effet, les deux jeunes filles, toutes rieuses, traversaient le jardin...

Un coup d'œil dans le salon et Suzanne s'écria :

— Ah! monsieur Brénault! monsieur Brénault!

Elle se jeta au cou de l'ami d'enfance de sa mère.

— Vous savez, il n'est pas trop tôt que vous reveniez pour nous distraire...

Et comme Ginette entrait, Suzanne reprit :

— N'est-ce pas, Ginette, nous commencions à nous ennuyer de notre vieil ami?... Vos bonnes histoires, vos souvenirs intéressants de marin, votre bon rire surtout, nous manquaient.

Elle le tira par la main :

— Venez, que je vous fasse entendre une jolie, très jolie chose... Ginette, mets-toi au piano...

— Mais M. Brénault doit connaître cette romance, répondit Ginette, puisque c'est lui que te l'a donnée.

L'ingénieur feignit l'ignorance.

— Oh! mes petites, il y avait dans ce paquet des morceaux de tout âge... Il en est même qui viennent de ma mère... Ce n'est pas nouveau.

— Oui, mais cette romance-là est nouvelle et vous me direz pourquoi elle voisinait avec vos vieilleries? insista Suzanne.

— Je l'ignore absolument, chère petite, peut-être une personne amie qui l'aura apportée et oubliée sur mon piano.

— Monsieur Brénault, *Je vous aime!*

— Très flatté, chère Suzanne, mais je suis trop âgé pour toi.

Elle se mit à rire :

— Non, c'est le titre de la chanson.

— Ah! très bien...

Et, se calant près du piano, dans un large fauteuil :

— Dans ce cas, je t'écoute...

M. Brénault prit un plaisir extrême à l'audition de la romance. Il applaudit vigoureusement l'interprète et déclara de nouveau :

— Je ne sais vraiment par quel hasard elle se trouvait dans le paquet...

V

Deux jours après, Mme Goffé, sa fille et sa nièce, prenaient le thé, à *La Roseraie*, dans le petit salon modeste de l'ingénieur, lorsque, Suzanne et Ginette virent un jeune homme traverser le jardin, précédé de Clémence. A ce moment, Mme Goffé causait à demi-voix avec M. Brénault.

— Ginette, chuchota Suzanne, tu reconnais ce jeune homme?

— Celui qui cherche une maison à louer.

— Est-ce que M. Brénault aurait l'intention de lui sous-louer une partie de la sienne... Il cause avec Clémence comme s'il la connaissait...

Quelques instants après, la vieille bonne annonça:

— Un visiteur que monsieur attend.

M. Brénault s'était levé. Il alla au-devant de David.

— Entrez, mon cher ami, votre visite me fait le plus grand plaisir.

Tous deux échangèrent à la dérobée un coup d'œil complice.

— Je vous dérange peut-être? demanda le jeune homme intimidé.

— Pas du tout. Voyez, je suis en charmante compagnie.

Il se tourna vers Mme Goffé et présenta :

— Mon ami, M. David Maillac, un jeune compositeur d'avenir, mon voisin de campagne et locataire.

A ces mots, Suzanne éprouva une grosse émotion. Elle devint si rouge que Ginette lui glissa :

— Tu regrettes l'envoi de la lettre?

— Je suis très ennuyée...

— Il y a de quoi! Ça c'est une surprise!

M. Brénault, tirant David par le bras, l'amena devant les deux jeunes filles :

— Mlle Suzanne Goffé et sa cousine Geneviève Hiliane, que nous appelons familièrement Ginette.

Le jeune homme s'inclina et balbutia quelque compliment.

— Prenez un siège, cher monsieur David, pria l'ingénieur.

Mais l'embarras de Suzanne égayait Ginette à ce point qu'elle se mordait les lèvres pour ne pas pouffer.

Mlle Goffé regarda sa cousine et dut avoir recours au même moyen pour éviter que sa confusion ne se changeât en un rire fou.

Suzanne, à bout de forces, se leva, et à voix haute :

— Je suis un peu chez moi, ici, Ginette, viens voir les roses de M. Brénault, il y en a de toutes les espèces, je ne me lasse pas de les admirer...

— Ne vous gênez pas, jeunes filles, accorda le maître de la maison avec un petit geste amical.

Les deux amies s'élancèrent dans le jardin. Il n'était que temps. Elles furent secouées d'un rire prolongé, inextinguible, qu'elles cherchaient à étouffer sous leurs mouchoirs.

Quand elle fut un peu calmée, Suzanne murmura:

— En voilà une aventure!... Que dis-tu de cette coïncidence?

— M. Brénault est un cachottier... S'il ne t'a pas dit que M. David Maillac était son voisin, c'est qu'il y avait entente entre eux. Tu devrais le gronder.

— Gronder M. Brénault... Je ne pourrais jamais, il est si bon!... Comment le trouves-tu ce M. Maillac?

— Comme ton regard brille en demandant cela...

Il a une figure franche, intelligente... Et des yeux qui inspirent confiance...

— S'il me parle de la lettre?

— Je suppose que tu ne seras pas embarrassée pour lui répondre... L'autre jour, lorsqu'il s'est présenté au *Doux Exil*, tu m'as dit : « Tiens, voilà le type d'homme qui me plairait. »

— Oh! Ginette, s'écria Suzanne confuse, tu parles trop haut.

— Enfin, l'as-tu dit?

— Je ne me souviens pas.

— Ce garçon te trouble.

— Il y a de quoi... Cette lettre, voyons... Elle est presque compromettante, cette lettre!...

— Bah! Puisque celui à qui tu l'as écrite t'est sympathique!

Elles entendirent des voix s'élever derrière elles. C'étaient M. Brénault, Mme Goffé et David qui venaient faire, eux aussi, un tour de jardin.

— J'ai envie de m'esquiver, murmura Suzanne.

— Allons, sois brave... Quelle sotte timidité!

Toutes deux furent bientôt rejointes.

Soudain, Suzanne vit le compositeur près d'elle, si près d'elle, qu'elle eut un mouvement de surprise.

— Monsieur Maillac, s'écria à ce moment l'ingénieur, s'il est quelques roses qui vous plaisent, ne vous gênez pas!

— Vous êtes trop aimable.

Et le jeune homme, se penchant vers Suzanne.

— Quelles sont, mademoiselle, les roses que vous préférez?

Suzanne hésita, puis :

— Toutes me plaisent, monsieur.

Alors David en cueillit trois et les présentant à Suzanne :

— En voici qui ont la couleur et la fraîcheur de votre teint, permettez-moi de vous les offrir... Les roses sont l'emblème de la beauté.

Suzanne, très émue, prit les roses en balbutiant un remerciement.

— A moi de fleurir Mme Goffé et Ginette, fit alors M. Brénault en procédant à la cueillette.

La promenade se poursuivit... Suzanne, ordinairement si loquace et si folle était devenue toute songeuse.

Ginette lui glissa à l'oreille :

— Etrange effet d'un compliment! Te voilà muette. Pourtant M. Pierre n'est pas chiche de compliments, et il t'en a apporté assez souvent des roses...

— C'est vrai, c'est vrai, mais...

Elle ne compléta pas sa pensée. Elle se disait :

— Pourquoi les compliments et les fleurs de M. de Fargue me laissent-ils indifférente, alors que le geste et les quelques mots de M. David viennent de me causer une impression très agréable et toute nouvelle.

— Il cause à voix basse avec M. Brénault, fit Ginette, il doit être question de toi.

Suzanne se retourna. M. Brénault lui sourit, puis, à haute voix :

— Nous allons rentrer, et M. Maillac nous chantera l'une de ses plus jolies romances.

— Bien volontiers... Vous savez que je ne me fais jamais prier, acquiesça le compositeur.

Ce fut une nouvelle satisfaction pour Suzanne qui avait hâte de l'entendre.

Quelques minutes après, tous se trouvaient réunis autour de la table où Clémence venait de déposer des gâteaux et du thé.

David attendit que M. Brénault renouvelât son invitation.

Simplement, sans afféterie, le compositeur s'assit devant le piano et annonça, les yeux tournés vers Suzanne :

— *Je vous aime*, air nouveau sur de vieilles paroles.

— Toujours vraies, murmura Mme Goffé.

Ce fut d'abord la ritournelle pareille à des accords de guitare. Puis la voix s'éleva, très pure.

Elle n'était d'abord qu'un susurrement habilement nuancé, puis elle s'enflait jusqu'à l'allégresse pour redevenir sévère ou caressante.

— Je ne savais pas la chanter cette romance, songea Suzanne, quelle leçon! Maintenant, je la chanterai comme lui. Dans sa bouche, je la trouve encore plus exquise...

La fin du troisième couplet lui suggéra quelques comparaisons :

D'un charmeur parlant à merveille
Redoute l'aveu plein d'esprit,
C'est ton cœur et non ton oreille
Qui doit entendre ce qu'il dit...

Elle pensait à ce que Pierre de Fargue, hardi, entreprenant, un peu fat, qui lui avait murmuré souvent à l'oreille : « Je vous aime » sans la troubler. Pourtant, il savait les prononcer ces mots.

— Mais les mots ne sont rien quand il n'y a pas le fluide. Ils semblent sans saveur, conclut Suzanne.

— Je sais ce que vous en pensez, disaient les yeux expressifs et tendres.

Le compositeur fut très applaudi. La discrétion qu'y mettait Suzanne plut à David qui lui sourit.

M. Brénault demanda autre chose. Ce fut alors une mélodie : *Loin des yeux, près du cœur*, que Suzanne goûta autant que la précédente.

Mais il fallait se séparer. Mme Goffé avait dit :

— Jeunes filles, il est temps de rentrer.

— Déjà! murmura Suzanne suppliante.

Elle vit alors dans les yeux de David combien il lui était reconnaissant de ce mot.

Mme Goffé se tourna vers le jeune homme :

— Nous sommes enchantées, monsieur, d'avoir fait votre connaissance et j'espère bien que vous viendrez nous voir au *Doux Exil* avec notre grand ami, M. Brénault.

Le compositeur prit la main que lui tendait Madame Goffé, la serra chaleureusement.

— Je vous remercie, madame, et je m'empresserai de profiter de votre très flatteuse invitation...

Il tourna alors les yeux vers ceux de Suzanne. Leurs regards se comprirent. Elle murmura timidement :

— Nous vous serions très obligées, Ginette et moi, de nous apporter la seconde romance.

Il lui tendit la main :

— Cette demande m'est très sensible, mademoiselle...

Il ajouta très bas, si bas que Suzanne seule put comprendre :

— Je sais que vous possédez la première... Votre chère petite lettre est là...

Il appuyait sur sa poche, côté cœur.

Vite, elle détacha sa main de celle de David et s'éloigna, radieuse.

Une poignée de mains à l'américaine de Ginette, et David resta sur le perron, agréablement troublé, tandis que M. Brénault reconduisit les visiteuses jusqu'à la grille...

L'ingénieur revint en se frottant les mains :

— Eh bien, qu'est-ce que vous pensez de cette petite Suzanne?

— Que vous dire? Tout en un mot : adorable.

— Eh bien, il s'agirait de gagner ce jeune cœur... Votre talent, votre visage sympathique sont de sérieux atouts. Je vous ai exposé la situation...

— Elle sera riche, dites-vous? Mais moi...

— Ne mésestimez pas votre valeur, Maillac. L'argent n'a jamais influencé un homme crâne... Tout buté et rude que soit le père, Suzanne serait de force à le faire fléchir... L'amour est un levier puissant dans les mains les plus faibles... Vous avez la parole...

VI

Ces premières visites de David au *Doux Exil* furent presque cérémonieuses. Elles devinrent par la suite fréquentes et familières. Lorsque le temps était beau, le compositeur émettait toujours un projet de promenade accepté d'enthousiasme. Mais souvent, l'après-midi se passait en musique, Suzanne et Ginette ne se lassaient pas d'entendre David dans les œuvres les plus acrobatiques des maîtres. Elles goûtaient infiniment son jeu souple.

Parfois, David apportait des morceaux à quatre mains. Suzanne s'asseyait près du jeune maître. Elle se troublait, se trompait, mais David ne la reprenait jamais...

— Que je suis donc sotte! se gourmandait-elle.

— Non, disait-il, indulgent, quand nous aurons joué longtemps, longtemps ensemble, vous ne vous tromperez plus.

Parfois, leurs doigts s'emmêlaient, et c'était pour eux le bon frisson.

Pour faire plaisir à sa cousine, Ginette réclamait souvent une nouvelle audition de *Je vous aime*.

Et Suzanne trouvait toujours que la romance se terminait trop vite.

Un soir, Suzanne, plus nerveuse que d'habitude, dit à Ginette :

— Oh! ne plus retourner à Paris, dans ce grand hôtel, somptueusement vide, de mon père, dont le luxe m'étouffe. Rester toujours ici, près de ma chère maman, près de lui... En voyant les premières feuilles mortes, cela m'attriste, mais m'attriste...

— Tu l'aimes, ce garçon? Quel changement s'opère en toi, lorsque tu l'entends sonner à la grille.

— A quoi bon cacher la vérité... Mais lui, m'aime-t-il?

— S'il t'aime! Voyons, Suzanne!...

— Oui, je sais, il est plein d'empressement, mais rien ne trahit chez lui un sentiment d'amour réel. Parfois, sa trop grande réserve m'enlève tout espoir.

— C'est de la timidité. Il n'ose certaines familiarités qui sont pour Pierre de Fargue monnaie courante. David est un garçon bien élevé, d'une éducation parfaite, d'une sensibilité qui arrête les mots sur ses lèvres...

— Oui, je sais, je sais, s'il m'avait dit seulement une fois : « Je vous aime... »

— Mais je lui demande de te le dire presque chaque jour, ma Suzanne.

— Oui, dans sa chanson... la belle avance!

— Il redoute encore de te le dire sans musique. Souviens-toi de ces vers :

Celui qui mieux dit : « Je vous aime »
Est plus souvent celui qui ment.

— Eh bien! qu'il le dise mal, en bégayant s'il ne peut faire autrement, mais qu'il le dise... Oh! ces timides!

— Tu trouverais un grand charme à sa timidité, sans doute, si Pierre de Fargue ne t'avait pas habituée à ses hardiesses!

— Dire qu'il faudra se séparer bientôt, peut-être au moment où il se serait décidé à parler!

Suzanne ne croyait pas si bien dire. Le lendemain matin, vers dix heures, David sonnait au *Doux Exil*.

La jeune fille courut à sa rencontre :

— Bonjour, monsieur David, vous ne nous aviez pas habituées à des visites si matinales... Il fait un temps frais, mais superbe. Où avez-vous l'intention de nous emmener en promenade aujourd'hui?

Un sourire mélancolique attrista les bons yeux de l'artiste :

— Hélas, mademoiselle, je viens vous annoncer mon départ.

Elle parut consternée :

— Votre départ?

— Je vais passer quinze jours à la Côte d'Azur. Je rejoins là-bas, en qualité de pianiste-accompagnateur, Mme Sorge, la cantatrice dont vous avez entendu souvent prononcer le nom.

Suzanne se raidit contre un soupçon de jalousie.

— D'ailleurs, reprit David, nous n'avançons notre départ que de quelques jours, la maison n'étant louée à M. Brénault que jusqu'à fin septembre... Maman supporte difficilement les premières fraîcheurs, je vais donc la réinstaller à Paris...

Ginette venait d'apparaître. Suzanne tourna vers sa cousine un regard chagrin :

— M. Maillac nous quitte...

Un gros soupir enflait sa poitrine.

— Nous regretterons toutes vivement cette séparation, assura Ginette... Donnez-vous donc la peine d'entrer... Tante va descendre...

Mme Goffé avait entendu de sa fenêtre les paroles échangées.

Elle descendit, s'écriant :

— Ah! les départs, les départs... les séparations, c'est odieux!

Les larmes l'étouffaient en pensant que son tour viendrait de partir, elle aussi, et elle ne se sentait pas la force d'annoncer son prochain voyage à Suzanne.

Il y eut entre eux un long silence navré, puis David demanda :

— Ma mère désirerait vivement faire votre connaissance, mais elle a tant de difficulté à se mouvoir... Pauvre mère, que la maladie rend presque impotente.

— Eh bien, nous irons toutes la voir cet après-midi, répondit vivement Suzanne, n'est-ce pas, maman?

— Oui... Cela ne la dérangera pas, surtout?

— Au contraire, fit David, nous parlons si souvent de vous... Elle sera heureuse de vous connaître...

Il partit, malheureux :

— Oh! cette séparation douloureuse... Comme je l'aime, cette petite... Mais à quoi bon m'illusionner.

En revenant il passa chez M. Brénault.

Celui-ci jardinait, coiffé d'un vaste chapeau de paille.

— Eh bien, demanda-t-il, cet entretien décisif que vous vous promettiez d'avoir avec Suzanne?

— J'y ai renoncé, monsieur Brénault. Vous m'avez trop effrayé quand vous me parliez du père.

L'ingénieur le regarda sévèrement :

— Et vous dites l'aimer?...

Il eut un haussement d'épaules puis sentencieux :

— Monsieur Maillac, vous êtes un homme de talent, mais vous êtes un soupirant pusillanime. Dire que vous êtes si bien faits pour vous comprendre tous les deux... Faute de quelques mots courageux, vous laisserez cette charmante enfant aller à un autre... C'est navrant, je vous assure, navrant...

— Ne me grondez pas... Ces dames viendront voir ma mère cet après-midi, et alors...

— Baste, trop tard... Cette entente devait se faire au cours des nombreuses entrevues que vous avez eues ensemble... Quand des parents veulent marier leurs enfants, ils laissent les intéressés seuls. Ceux-ci se disent ce qu'ils ont à se dire. Les décisions se prennent au cours de ces entretiens charmants, entrecoupés de silences et de soupirs, où les yeux et le cœur parlent plus que les lèvres...

— Je vous avoue que Ginette me gênait.

— Bah! à la dérobée, ne dit-on pas bien des choses?

— Et puis ma mère m'a si souvent répété que

Suzanne était trop riche pour moi, que j'allais au-devant d'une grosse déception... Vous, monsieur Brénault, ne pourriez-vous m'aider?...

— C'est impossible, absolument impossible... Détourner Suzanne de certain projet de son père, c'est nuire à la malheureuse Mme Goffé, toujours terrorisée par cet homme, quoique vivant séparée de lui... Je me suis engagé à n'influencer en rien Suzanne... Seule, elle pouvait lutter contre la volonté de son père... Si vous aviez su vous y prendre... Mme Goffé eût été la première à s'en réjouir... Vous seul pouviez donner à cette enfant l'arme dont elle a besoin pour résister... Ne comptez pas sur notre intervention.

— C'est bon, ce soir, avant de partir, j'aurai un entretien avec Mlle Goffé. Il n'y aura personne entre nous...

— Espérons encore que la crânerie vous viendra.

VII

Le projet de visite à Mme Maillac dut être abandonné. Une demi-heure après, Suzanne recevait une dépêche de son père : « Je t'attends cet après-midi. Ne manque pas. Question d'avenir. »

Elle prit donc le premier train et ne revint que le lendemain à l'heure du déjeuner. Tout de suite, elle gagna la chambre de sa mère, prit Mme Goffé dans ses bras, l'embrassa avec émotion.

Mme Goffé fut à demi renseignée en contemplant les grands yeux qui avaient perdu leur belle sérénité.

— Eh bien, murmura-t-elle avec angoisse, ton père?

Suzanne s'affala sur une chaise comme si le courage lui manquait.

— M. Pierre m'a demandée en mariage...

— Et alors?

— Alors, j'ai répondu que je voulais réfléchir...

— Ce n'est pas encore fait? quêta Mme Goffé, dont la voix s'étranglait.

— Ma réponse a irrité mon père. Il m'a dit que Pierre était le mari qu'il me fallait. Il a plaidé chaudement la cause de son secrétaire, étalant ses qualités sans nombre, il a été jusqu'à me supplier d'accepter ce mariage. J'ai lutté, lutté pour gagner du temps, puis, à la fin, je me suis sentie incapable de tenir tête à tant d'insistance... J'ai accepté...

Mme Goffé avait pâli.

— Mère, mère, dit vivement Suzanne, ai-je mal fait? Je te vois changer...

— Je n'ai rien à dire, soupira Mme Goffé, si tu as accepté Pierre comme mari, c'est que tu le juges digne de toi...

— Mère, balbutia-t-elle, il fut un temps où l'idée de ce mariage ne m'eût donné ni joie, ni déplaisir, mais, aussitôt après l'acceptation, une tristesse accablante s'est emparée de moi. En voyant mon père satisfait, presque joyeux, se frottant les mains, j'avais une grande envie de pleurer... Il m'a toujours semblé que M. Pierre n'était pour moi qu'un ami banal. Quand il me disait à l'oreille : « Je vous aime, » je n'étais pas plus troublée que s'il m'avait dit : « Il pleut. » Maintenant que la réponse est donnée, j'ai le cœur chagrin.

Dans sa rêverie pleine d'amertume, Mme Goffé pensait :

— Pauvre petite... J'ai connu la même impression. Oh! épouser quelqu'un qu'on n'aime pas, qu'on ne déteste pas, qui vous est simplement indifférent, rien ne vous détache plus des joies de ce monde, ces joies qui sont toutes dans l'espoir des lendemains heureux, dans ces jolis ménages qui font aimer la vie.

Les larmes l'étouffaient, mais elle ne voulait pas pleurer devant Suzanne. Elle lui dit :

— Va vite annoncer la nouvelle à Ginette, ma chérie, va... Nous en reparlerons plus tard...

Suzanne sortit, attristée davantage par l'expression de souffrance résignée répandue sur le visage de sa mère...

Quand celle-ci fut seule, elle s'affala, sanglotante :

— Cette femme néfaste vient de gagner la partie. Roland a pu arracher le consentement de cette pauvre petite par l'intimidation... Il était à prévoir que Suzanne serait trop faible pour résister à un ordre... Car c'était un ordre habilement déguisé... Enfin... Puisque le sort en est jeté...

Suzanne n'étonna pas sa cousine en lui apprenant la nouvelle.

— Il y avait longtemps que ton père désirait ce mariage, répondit Ginette... Ah! je voyais clair, va, ma chérie. Pierre de Fargue est le grand protégé. Il doit à sa mère tout ce qui lui arrive de bon.

— Qu'entends-tu par là?

Ginette eut crainte d'en avoir trop dit :

— Une supposition.

— Tu me laisserais croire que Mme de Fargue a quelque influence sur mon père...

— Je te répète, ma petite Suzanne, une simple idée qui m'est venue... N'y attache aucune importance... Et alors parle-moi de ta conversation avec mon oncle. Qu'as-tu répondu lorsqu'il t'a parlé de M. Pierre?

— Que je ne l'aimais pas... que j'avais rencontré ici un jeune homme qui me plaisait... « Oh! pour celui-là, lui dis-je, il n'y aurait aucune hésitation ». Il eut un ricanement qui me glaça. Il répétait : « Je m'en doutais de la petite histoire. » Que signifiaient ces mots? A partir de ce moment, il fit peser sur moi toute sa volonté. Elle est irrésistible cette volonté. Je lui dis, à bout de force :

« — Je veux bien accepter, mais à une condition, c'est que ce mariage amènera la réconciliation entre mère et toi.

« Il a répondu : oui. J'y gagnerai, comme compensation, cette grande joie. Oh! revoir l'accord se faire entre papa et maman si longtemps séparés... Eh bien, Ginette, cela ne vaut-il pas un mariage accepté presque par contrainte?

— Pourvu que ton espoir se réalise!

— Il a aussitôt prévenu M. Pierra par téléphone. Et le soir, mon fiancé, précédé d'un énorme bouquet de roses, venait dîner avec nous. Je ne l'avais jamais vu si chic. Il rayonnait de joie, mais il a dû voir dans mes yeux que je souffrais.

Après dîner, mon père a voulu que la date du mariage fût décidée.

— Et ce mariage doit avoir lieu?

— Vers fin novembre.

— Deux mois seulement!...

Ginette étreignit sa cousine :

— Pauvre Suzanne!

Pendant le dîner, il ne fut pas question une seule fois du consentement arraché perfidement à Suzanne. La mère et la fille cherchaient à refouler l'idée insupportable.

Toutes trois passèrent tristement dans le salon. Vite Suzanne se mit au piano et chercha à s'étourdir en chantant sa romance préférée :

— Est-ce que je réussis à la nuancer aussi bien que M. David? demanda-t-elle.

— Pas encore tout à fait, dit Ginette, cela va venir.

Et Suzanne reprit le premier couplet.

— Lui, elle n'a que lui en tête, glissa Mme Goffé à l'oreille de sa nièce.

Et, avec un soupir où s'exhalait toute sa souffrance :

— Pauvre petite, elle va faire un triste mariage.

— Oh! tante, espérons qu'elle ne sera pas malheureuse. Elle mérite tant d'être aimée!

**

— Je souhaite qu'elle ne souffre pas comme j'ai souffert.

— Elle espère que ce mariage va vous rapprocher de mon oncle.

— Laisse-la à son illusion.

— Peut-être changerez-vous d'avis lorsque vous la verrez en mariée...

— Je ne la verrai jamais en mariée, jamais.

— Et pourquoi?

— Parce que je pars.

— Comment?

— Pas si haut, elle pourrait nous entendre... J'ai écrit à mon oncle Jouan et à sa femme, qui achèvent une existence morose, là-bas, aux environs de New-York. Pauvres vieux, ils ont tant de fois manifesté le désir de me revoir avant de mourir que je me décide enfin... Je partirai aussitôt que toi et Suzanne serez rentrées à Paris.

— Mais songez que le mariage doit avoir lieu dans deux mois.

— Eh bien, il se fera sans madame Goffé. Madame de Fargue servira de mère à Suzanne...

— Oh! ma tante, ce n'est pas possible.

— Ainsi en a décidé mon mari... Je me suis inclinée... Mais pas d'indiscrétion. A quoi bon tourmenter la pauvre petite! Tu me le promets?

VIII

Il était quatre heures. M. Goffé venait de quitter son bureau. Son auto l'attendait devant la banque, rue de Châteaudun :

— Chez Mme de Fargue, lança-t-il au wattman.

Un quart d'heure après, la voiture le déposait rue de Moscou.

Mme de Fargue habitait avec son fils un appartement modeste, peu meublé. Tout ce qu'elle avait pu sauver, à la mort de son mari, d'un ameublement somptueux, semblait danser dans les trois petites pièces où elle cachait une vie résignée et courageuse.

Vaillante, ordonnée, économe, elle avait vendu peu à peu ses bijoux pour vivre, et faire donner une bonne instruction à son fils, ce fils adoré dans lequel elle avait placé toute son ambition, et ce qui lui restait d'orgueil.

C'était une femme de quarante-trois ans, encore très belle, élancée, souple, d'une distinction remarquable. Ses cheveux avaient un peu grisonné et ses yeux avouaient un long calvaire supporté avec une dignité stoïque.

Elle se passait de bonne. Une femme de ménage venait chaque matin procéder aux grosses besognes et préparer les repas.

Ce jour-là, Mme de Fargue, savourait une victoire qu'elle avait réussi à gagner à force de ténacité et de coquetterie habile.

— Pierre est fiancé à Mlle Goffé, murmurait-elle, le cœur allègre... La chose est faite... Mon fils aura une situation superbe... Oh! il ne saura jamais combien j'ai lutté... Cher petit qui aurait dû connaître, dès son enfance, la vie somptueuse. Enfin, elle va venir pour lui... Mieux vaut tard que jamais...

Elle fut inerrompue dans ses réflexions par un coup de timbre. Elle ouvrit, M. Goffé se présenta. Une sotte timidité de jouvenceau le rendait gauche et maladroit devant cette femme altière... Elle pouvait se vanter d'avoir dominé cet être rude, querelleur, indomptable...

Il s'inclina, respectueux sur la main jolie qu'elle lui tendait puis, avec un sourire onctueux :

— Eh bien, chère madame, avez-vous été contente de la nouvelle Nous avons gagné la première manche.

— Très satisfaite, fit Mme de Fargue.

Il entra derrière elle dans le salon, en modulant :

— Comme j'ai hâte, maintenant, de vous voir faire les honneurs de mon hôtel... Non, votre place n'est plus ici.

— Bah! il y a déjà de nombreuses années que j'en ai pris mon parti... Voyez, je m'y suis accoutumée... J'aurais un regret, je vous avoue, de quitter ce petit appartement...

Il lui prit les mains vivement. Il était fiévreux.

— Vous le quitterez, cet appartement, vous le quitterez, vous dis-je. Il le faudra bien... Après le mariage de nos enfants, je la forcerai à divorcer... Je vous le promets...

Elle murmura négligemment :

— Pauvre femme, il ne faut pas la tourmenter, c'est mal.

— La tourmenter!... Et pourquoi m'en priverais-je?... M'a-t-elle assez rendu malheureux... Avec moi, elle semblait indifférente, détachée de tout... Elle cédera, il le faut... Je serai ferme... Qu'importent les moyens... Votre promesse a troublé ma vie. Souvenez-vous : « Divorcez, et je consentirai à devenir votre femme. » Ces paroles me reviennent sans cesse à l'esprit...

— Oui, oui... mais, enfin, si ce divorce devait trop chagriner ma future belle-fille?...

— Oh! quand Suzanne sera mariée, elle vivra avec son mari... Je lui deviendrai indifférent... Son foyer l'intéressera plus que toute autre chose!... Il y a assez longtemps que j'aspire à cet immense bonheur... Faire de vous Mme Goffé. Vous donner le bien-être, la vie heureuse que méritent votre beauté, vos souffrances, votre admirable passé d'abnégation... Ne retrouverez-vous pas un peu dans cet hôtel de l'avenue du Bois, que je m'efforcerai de meubler et d'aménager à votre goût, cette splendeur tant regrettée?... Certes, il y aura un point noir, vous ne serez plus Mme la baronne de Fargue.

Elle se récria avec un accent de fausse modestie :

— Oh! voilà une chose qui m'importe guère.

— J'aime et j'apprécie hautement chez vous cette simplicité, cette modestie qui me font regretter de ne pouvoir vous donner, dès maintenant, toute la mesure de mon affection.

Il devenait pressant, expansif, caressant les mains blanches et fines qu'il appuyait de temps en temps contre ses lèvres.

D'un regard, Mme de Fargue savait modérer ses ardeurs de lourdaud. Elle se dégagea sans brusquerie et, l'invitant à s'asseoir :

— Voyons, monsieur Goffé, un peu de calme, et parlons de nos enfants...

— Oui, chère madame, mais cela n'empêche pas de parler un peu de nous, de nos projets, puis madame Goffé doit s'effacer complètement de ma vie... Qu'est-ce que je cherche? Un peu d'affection, ce n'est pas grand'chose...

Il saisit de nouveau les mains qui s'étaient dérobées quand, soudain, tous deux entendirent battre la porte du vestibule.

— Voici Pierre, fit-elle en se dégageant.

— Mais Pierre sait que je vous aime. N'est-il pas devenu mon plus intime confident?

Ces mots lui causèrent une impression pénible.

Pierre entrait d'un air délibéré. Il dit avec un sourire faux :

— Je vous demande pardon... Je vous ai peut-être dérangés? Je me retire.

— Mais, pas du tout, reste, répliqua Mme de Fargue.

— Si M. Goffé a quelque chose à te dire en particulier?...

— Oh! nous parlions de Suzanne et de toi... Je disais que tu étais très heureux et que, maintenant, ta hâte d'être uni à la jeune fille que tu aimes te fait compter les jours, tu vois, ce n'est pas compromettant.

M. Goffé souriait, un peu nigaud. La présence de son secrétaire le gênait. Il se leva, et d'une voix un peu fêlée :

— Allons, je vous laisse tous deux... Suzanne va rentrer dans quelques jours avec sa cousine. J'espère, madame, que vous viendrez souvent dîner chez moi avec Pierre...

— Oh! souvent, fit-elle, je ne vous le promets pas...

Le banquier se tourna vers le jeune homme, et avec enjouement :

— Pierre, je vous somme d'amener votre mère chaque fois que je vous inviterai...

— Soyez tranquille, monsieur Goffé, je ferai tout mon possible...

Il prit la main que lui tendait mollement son directeur, laissa sa mère le reconduire jusqu'à la porte et, sortant un élégant étui à cigarettes cintré, il murmura en ricanant :

— Pauvre diable, comme il s'illusionne!...

C'était un garçon de vingt-huit ans, grand, mince, soigné, le visage allongé, un peu terreux, des yeux noirs et vifs auxquels rien n'échappait, une cascade de cheveux noirs brillants, bien tirés depuis le front jusqu'à la nuque, un soupçon d'accent circonflexe de moustaches brunes.

Qu'il arrivât à son bureau ou qu'il en sortît, sa tenue était toujours impeccable. Il avait le geste aisé, s'exprimait avec une élégance étudiée, et cultivait le mot amer.

Il enflamma sa cigarette et répéta :

— Pauvre M. Goffé, il est plein de confiance...

Mme de Fargue entra en esquissant un geste las qui signifiait : « Bon débarras. »

— Eh bien, maman, qu'est-ce qu'il t'a raconté?

— Oh! mon cher, il commence à devenir assommant... Voilà qu'il me prend les mains, me les presse à me faire crier... Tout à l'heure, si je ne l'avais arrêté, il allait se mettre à genoux... Il commençait une tirade ridicule, une tirade banale de collégien passionné.

Pierre pouffa :

— J'aurais voulu être dans un petit coin.

Il se leva, secoua légèrement sa cigarette du petit doigt, sur un cendrier de la cheminée, et dit simplement :

— Non, non, je ne te vois pas mariée avec ce patapouf. Pauvre mère, comme je te plaindrais...

— Il fallait bien lui donner un espoir... C'est pour toi, grand enfant, que je joue cette comédie... En le voyant ici, tu en as oublié de m'embrasser...

— Oh! maman!

Il s'élança. Elle lui tendit le front.

— Ah! chère maman, comme j'admire ton désintéressement... Combien d'autres femmes auraient exploité la situation... Car ce que dit M. Goffé est vrai, cet appartement modeste est indigne de toi, de ton passé, du nom que tu portes... Une femme ambitieuse eût tout fait pour prendre la place de Mme Goffé dédaigneuse de luxe et d'honneurs... Je te voyais si bien dans cet hôtel de l'Avenue du Bois... C'étaient pour toi les toilettes riches, les bijoux, les mondanités... mais je n'insiste pas... L'homme est inacceptable...

Mme de Fargue eut un sourire mélancolique :

— Et puis, il y a le souvenir de ton père, si beau, si bon, si différent des autres hommes.

Elle éleva un regard attendri vers le portrait qui reflétait admirablement les traits de celui qu'elle avait pleuré longtemps :

— Quand il voulut refaire sa vie, hélas, il était trop tard... Il a eu une mort pénible... Il me suppliait de pardonner... J'ai pardonné en promettant de t'élever comme si j'avais encore ma fortune, et j'ai tenu parole.

— Pauvre mère, je pense parfois à tous tes sacrifices... Je voudrais te revoir sinon heureuse, puisque tu ne peux plus l'être...

— Pourquoi donc? N'aurai-je pas un jour des petits-enfants?...

— Tu es trop jeune encore pour te réjouir à cette idée.

— Pas du tout, mes cheveux grisonnent un peu plus chaque jour... Ils seront blancs, sans doute, quand ton premier bambin balbutiera pour la première fois : « Grand'mère. »

— Tu es admirable... Va, une ère de bonheur va s'ouvrir pour nous.

— Je l'espère... Seulement, promets-moi encore, mon cher enfant, de lutter contre cette passion du jeu qui fut si funeste à ton père... J'ai peur...

— Sois tranquille.

Il lui tapota la main et, mi-rieur, mi-sévère :

— Veux-tu avoir confiance en moi!

— Vois-tu, le jour de ton admission à ce cercle maudit où sombra ce qui restait de notre fortune, ce qu'avaient bien voulu nous laisser les financiers véreux.

Il l'interrompit :

— Je sais ce que tu vas dire... la petite appréhension superstitieuse... Encore une fois, sois assurée que je serai prudent... Tu sais bien que, pour la prudence, je tiens de toi, chère maman, qui trembles toujours pour ton Pierre...

— Tu es mon seul bien.

— M. Pierre de Fargue devait faire partie d'un cercle, tu entends. C'était une formalité nécessaire, indispensable... Je retrouve là-bas de vieux amis de l'homme du monde intègre, avenant, brillant causeur qu'était mon père... Allons, je te quitte, je ne m'attarde pas. Ce soir, je dîne avec Vaubray... Nous allons à une première, dans un établissement des boulevards.

— Amuse-toi, grand enfant.

Ils s'embrassèrent. Le jeune homme se dirigea vers la porte, puis, s'arrêtant :

— Tu me promets d'avoir confiance?

— Oui... Tu m'as rassurée...

IX

Ce *matin-là* en s'éveillant dans la jolie chambre du *Doux Exil* qu'elle partageait avec Ginette, Suzanne murmura :

— Il pleut...

— Hélas! répondit Ginette, qui était éveillée depuis un bon moment... ce sera une triste journée... Larmes depuis le matin jusqu'au soir.

— Le ciel est en harmonie avec notre tristesse.

— Pauvre maman, nous avons beau nous revoir deux ou trois fois dans le courant du mois, lorsqu'elle vient à Paris, eh bien, elle ne peut se faire à la séparation, moi non plus, d'ailleurs...

— Mais quand tu seras mariée, la situation sera pire pour tante... Vous vous verrez encore moins.

Suzanne eut un geste d'impatience :

— Tiens, ce matin, par hasard, je n'y pensais pas à ce mariage, et tu me le rappelles.

— Pourquoi as-tu accepté si vite?... Tu aurais dû réfléchir...

— Devant l'insistance de père, ta volonté eût fléchi comme la mienne, et puis il parlait de mère en termes si émus. Quand je lui ai demandé de faire la paix, il disait : « Il n'y a que ce mariage qui puisse nous rapprocher. »

« Oh! l'hypocrite! » pensa Ginette.

— Malgré cela, reprit Suzanne, j'ai un poids sur le cœur...

— C'est l'autre qui te hante... Ah! si tu n'avais pas connu M. David...

— Toute la joie que je goûtais âprement, le matin, à mon réveil, a disparu. Je ne connais plus cette allégresse matinale qui fait dire en se grisant d'air pur : « Comme il fait bon vivre! » En ce moment, plus rien qu'un sourd désenchantement...

Elle esquissa un geste de lassitude :

— Tiens, ne parlons plus de cela... Quand je parle à mère des bonnes intentions de papa, son regard devient presque farouche... Elle ne répond rien... On dirait qu'elle ne la voit pas, cette réconciliation...

Bientôt, les deux jeunes filles retrouvaient Mme Goffé dans le jardin. Elle avait le visage bouleversé.

— Mère, fit Suzanne en la pressant dans ses bras, n'afflige pas ta petite... Tu souffres beaucoup, beaucoup... Rassure-toi, j'allégerai ton chagrin.

Le facteur venait de sonner. La bonne apporta une lettre :

— Une seule, fit-elle avec le sourire qui accompagne les heureuses surprises, et pour mademoiselle.

— Pour moi? s'écria Suzanne curieuse.

Et, en lisant dans un coin de l'enveloppe : *Hôtel Moderne, Nice* elle devina :

— M. Maillac!

Son cœur battait.

— Lis-nous cela, fit Ginette.

— Non, non, permettez-moi d'en goûter seule la première lecture.

— Oh! petite cachottière. Tu supposes qu'il te dit des choses tendres?

Elle devint rouge, s'élança dans l'escalier et pénétra dans sa chambre.

Toute fébrile, elle lut :

« Mademoiselle Suzanne.

« J'ai vivement regretté de ne pas vous avoir revue. Croyez bien que je serais revenu, après avoir reconduit ma chère maman à Paris, si mon départ pour la Côte d'Azur n'avait été très urgent. J'ai laissé les deux êtres bien aimés, je sentais planer sur moi une tristesse étrange. Je voudrais être poète pour exprimer en termes dignes de vous tout ce que je pense des heures charmantes passées au *Doux Exil*, mais la sincérité se contente de peu de mots. J'ai connu là-bas des moments exquis, que je revis sans cesse. Parmi ces moments, il en est un qui m'est particulièrement doux au cœur : Je me revois un soir au piano, près de vous. Nous jouons cette admirable *Nocturne* de Chopin qui élève tant les âmes... Votre tête s'est penchée si près de moi que vos jolis cheveux blonds étaient à la portée de mes lèvres... Voici des choses que j'hésiterais à vous rappeler de vive voix. Allez-vous rire de cet aveu pauvrement tourné. Je ne crois pas, car vous êtes aussi sensible que bonne, aussi indulgente que belle... Tous ces souvenirs de charmant voisinage ont laissé en moi une griserie inoubliable. Faute de pouvoir traduire mes sentiments par de jolies phrases, j'ai cherché un motif musical susceptible de les exprimer dans la forme que je désire. Je ne vis qu'avec l'idée de vous revoir bientôt. Je vous jouerai cette mélodie que j'ai intitulée : *Aveu tardif.* Si vous l'aimez comme je l'aime, cela prouvera que nous nous sommes compris.

« Je vous quitte, mademoiselle Suzanne, en vous chargeant de tous mes respects pour votre chère maman si accueillante, et de mes souvenirs pour votre gentille cousine Ginette. Veuillez croire à mon amitié dévouée :

« David. »

Elle revint si troublée, vers Mme Goffé et Ginette qui échangeaient quelques impressions à voix basse, puis, tendant la lettre à sa mère :

— Lis.

Ginette lut par-dessus l'épaule de sa tante.

Suzanne montrait un visage navré :

— Sa lettre, dit-elle, me fait plaisir et m'attriste! Que pourrai-je dire si je le revois?

— Que son aveu est arrivé trop tard, hélas! pauvre petite, soupira Mme Goffé.

— Oh! ce mariage! gémit Suzanne.

— Mon enfant, un peu de courage... Des événements peuvent surgir, qui sait!... Le hasard est un grand démolisseur de plans... Et les mieux combinés sont bien souvent les plus fragiles.

— Que veux-tu dire, ma petite maman?

— Qu'il ne faut pas te désoler si longtemps d'avance, éluda Mme Goffé.

Oh! la triste journée!

Tandis que Suzanne et Ginette préparaient leurs malles et mettaient de l'ordre dans leur chambre, Mme Goffé dressait la liste de ce qu'elle devait emporter dans son long voyage.

Soudain, Ginette la surprit :

— Ma tante, Suzanne compte bien revenir avant peu, vous ne pouvez vous séparer d'elle sans lui annoncer votre départ... Allons, un peu de courage.

Mme Goffé leva vers sa nièce un visage ruisselant :

— Je ne peux pas.

— Voulez-vous que je la prévienne, moi?

— Non, non, je t'en prie, pas un mot.

Ginette eut une révolte :

— Mais c'est inconcevable, inouï, mon oncle vous terrorise... Vous en avez peur toutes deux au point d'accepter de lui des choses dont vous avez regret ensuite... Moi, à votre place, ma tante, je ne partirais pas, je résisterais...

— J'en ai eu la pensée, mais, maintenant, mon oncle et ma tante Jouan sont prévenus... Les pauvres gens doivent être si heureux à la pensée de me revoir... Je partirai, Ginette, il le faut... Surtout pas un mot à Suzanne, je t'en prie, la séparation serait encore plus déchirante. Elle voudrait à toute force m'accompagner. Et puis, mon mari supposerait que je l'ai influencée... Ce serait un surcroît d'ennuis pour elle et pour moi... En arrivant là-bas, je lui écrirai tout de suite... Je trouverai des raisons pour justifier ce voyage.

— Et vous ne reviendrez pas pour le mariage de Suzanne?

— Roland voudrait que je ne revienne pas avant d'en avoir reçu l'ordre, et pour me reparler divorce, mais je n'aurai pas la patience de lui obéir, vois-tu, ma petite Ginette. Malgré tout le désespoir que me cause ce mariage, je serai là, bien cachée dans un coin de l'église... Je veux voir ma petite en blanc... je veux, je veux.

Il était un peu moins de dix heures du soir lorsque Suzanne et Ginette montèrent dans le train.

Jamais Suzanne n'avait vu sa mère plus accablée.

Elle s'appuyait, défaillante, sur le bras de M. Brénault en envoyant à sa fille un dernier adieu.

De grosses larmes roulaient sur les joues de Suzanne. Elle s'effondra dans les bras de sa cousine.

— Pleure, va, ma chérie, murmura Ginette, cela soulage...

D'une voix entrecoupée de hoquets, Suzanne expliqua :

— Ce qui m'a été le plus sensible, c'est de voir maman désolée comme si toute la France allait nous séparer.

Ginette pensa :

« Pauvre petite, comme elle est loin encore de la vérité! »

— Et puis, reprit Suzanne, quand je lui ai dit : « J'espère que nous nous reverrons à la fin de la semaine, un petit mot de toi pour me prévenir », elle a eu l'air embarrassé... Elle ne m'a pas répondu oui franchement... Renoncerait-elle à ces bonnes promenades dans Paris qui nous aidaient à attendre l'été?...

Elle eut un geste crâne :

— Oh! mais il faut que cela change... J'en ai assez de me cacher de père pour revoir maman... Désormais, je me propose d'aller souvent à l'Etang-la-Ville. Je ne suis plus une enfant. Tant pis si papa est jaloux! Mère souffre beaucoup plus que papa de ne pas me voir... Autant je quitte l'Avenue du Bois avec plaisir, autant je quitte l'Etang-la-Ville avec regret... Notre *Doux Exil*, ma chère Ginette, j'y vivrais même l'hiver sans ennui... J'ai décidément la nature de mère, le monde m'assomme et me rend sauvage.

— Avec Pierre, il faut t'attendre à une vie ultra-mondaine... Il recevra de nombreux amis... Il y aura de grandes réceptions, cet hiver, chez ton père où vous habiterez tous les deux... Des réceptions où je n'ai guère de chance de trouver un mari, d'ailleurs.

— Et pourquoi, Ginette?

— Parce que je suis la petite parente pauvre, l'orpheline que l'on a recueillie par charité. Et les amis de M. Pierre doivent chercher sans doute la belle dot.

— Oh! ce milieu de gens qui calculent, comme je vais le prendre en grippe!... Rassure-toi, ma Ginette, on s'efforcera de te le trouver, le jeune homme désintéressé que tu désires. Si ce n'est pas dans les relations de M. Pierre, ce sera ailleurs... Quand il se présentera et te demandera uniquement pour toi-même, j'obtiendrai alors de papa qu'il te dote. Et tu seras plus heureuse que ta Suzanne.

— Comme tu es bonne...

Lorsqu'elles descendirent du train à la gare Saint-Lazare, elles aperçurent M. de Fargue qui les attendait devant la grille du quai.

— Lui, déjà? murmura Suzanne, agacée... Si j'avais su, je n'aurais pas annoncé à mon père l'heure de mon retour, et nous aurions pris le métro.

— S'il t'entendait, il serait flatté!

— Oh! je m'en moque.

— Jolies fiançailles si tu persistes à rester dans cet état d'esprit!

En voyant s'avancer les jeunes filles, Pierre enjoué, s'écria :

— Enfin!... Bonsoir, Suzon, bonsoir, Mademoiselle Ginette.

Et, s'empressant près de sa fiancée, dont il baisa la main, d'un geste dégagé :

— Je m'ennuyais de l'inséparable cœur... Faites voir ces yeux qui ont pleuré... et qui recommencent...

Il crut l'amuser en imitant l'enfant qui suffoque :

— Hou... hou... pleurons ensemble...

Suzanne ne goûta guère la plaisanterie.

— Allons, reprit Pierre, je tolère encore quelques larmes, mais n'y revenez pas... Voulez-vous me regarder bien en face, petite enfant trop sensible... Est-ce que je vous intimiderais, par hasard?... Vous ne remarquez pas, mademoiselle Ginette, comme elle est troublée?... Allons, je vais vous raconter une bonne histoire pour vous faire rire...

Il lui prit familièrement le bras, mais Suzanne se dégagea doucement :

— Non... j'ai des idées noires, je vous demande pardon.

— On doit chasser les papillons noirs lorsqu'on revoit son fiancé, mademoiselle Sans-Souci.

Il lui avait donné ce petit nom d'amitié lors de leurs premières entrevues chez son directeur, en la voyant toujours rire de ses propos divertissants.

— A vous dire vrai, déclara Suzanne, je regrette la maison de l'Etang-la-Ville où j'étais si bien.

— C'est aimable pour moi.

— Ne la tourmentez pas, pria Ginette, il en est ainsi chaque fois que Suzon quitte sa mère.

— Bah!... Il faudra bien qu'elle la quitte tout à fait, sa mère : ce n'est pas avec sa mère que Suzanne est appelée à vivre, mais avec son mari.

Comme rien ne pouvait dérider Suzanne, il ajouta :

— Allons, bon ma fiancée qui est changée en sphinx.

Il pensa :

« Sa mère ne doit pas trouver le mariage à son goût... M. Goffé a raison de l'éloigner, elle ferait tout rater. »

Ils gagnèrent tous trois la rue de Rome où le banquier les attendait dans son auto.

M. Goffé, bien calé sur ses coussins, lisait un journal du soir.

Soudain, il entendit la portière s'ouvrir. Suzanne était déjà dans ses bras.

— Enfin, dit-il, te voilà Parisienne... Bonne petite Suzon... Elle est contente de revenir avec son papa... Je parie que l'avenue du Bois commençait à lui manquer.

Il lui tapotait la joue d'un air attendri :

— Ainsi que ce bon papa gâteau pour lequel tous les désirs de sa fille sont des ordres.

Tourné vers son secrétaire :

— Fargue, il est bien tard pour que je vous invite à nous accompagner.

Suzanne ne laissa pas au jeune homme le temps de protester.

— Oui, papa, n'impose pas cette corvée à M. Pierre. Et puis je me sens si lasse!

Ils se séparèrent. L'adieu de Suzanne fut froid, celui de Pierre rageusement empressé.

Et l'auto démarra...

XI

DAVID Maillac, de retour de Nice, surprit un matin, sa mère dans le petit appartement qu'ils occupaient rue Notre-Dame-de-Lorette...

— D'après ta lettre, mon cher enfant, je ne pensais te voir que demain, fit la malade avec joie et en se laissant câliner.

— J'ai pressé mon retour, j'avais hâte d'être revenu... Rien d'intéressant pour moi?

Mme Maillac lui présenta un petit paquet de lettres. Il en détacha une couleur mauve, discrètement parfumée. Ses doigts tremblèrent.

— Je me doutais bien que c'était son écriture, murmura Mme Maillac en voyant la joie pétiller dans les yeux de son fils...

Il lut :

« Monsieur David,

« Votre charmante lettre m'a ravie... Mais j'ai de graves préoccupations qui m'ont empêchée de l'apprécier comme j'aurais voulu. Je trouve heureusement un dérivatif à ma tristesse dans le souvenir attachant des moments de calme, de poésie et d'idéal que nous avons passés au *Doux Exil*. Croyez, monsieur David, à ma sincère amitié. Suzanne. »

— Que veut-elle dire en parlant de graves préoccupations? fit David, soudainement anxieux. Maman, quelle est ton idée?...

— A quoi bon te dire ce que je pense? Peut-être a-t-elle parlé à son père de l'éventualité d'un mariage, et ce que je prévoyais s'est produit, ce banquier lui aura répondu : « Te marier à un musicien! » Il me semble voir le sourire et le haussement d'épaules méprisant de cet homme qui doit s'endormir lorsqu'on joue du piano.

— Je ne vais pas tarder à aller la voir... J'irai demain sans doute... J'aurai un prétexte... Je lui apporterai des invitations pour un concert où j'accompagnerai un violoniste notoire, et qui aura lieu dans une salle de la rue de la Boétie.

Elle pensa :

— Pauvre petit, moi qui espérais que ces quinze jours d'éloignement lui rendraient un peu de calme, le voilà plus déterminé que jamais.

David avait ouvert un autre pli. Il contenait des épreuves de musique :

— Maman, voici la mélodie que j'ai composée pendant mon voyage, et pour elle seule. Regarde la dédicace : *A Mademoiselle Suzanne Goffé*. Viens que je te joue cette petite chose dont je suis tout à fait content. Depuis que nous nous connaissons, Mlle Goffé et moi, je promenais sans cesse ce motif dans ma tête. Il est devenu l'inséparable ami de mes souvenirs. Je revois aussitôt Suzanne devant moi quand je le fredonne.

Enthousiaste comme tous les sincères, il s'était assis devant son piano. Ses doigts frôlaient le clavier ou le martelaient avec fougue.

Et Mme Maillac savourait tout le charme de ces trouvailles heureuses, embaumées du grand amour de son fils.

L'inquiétude gâtait pourtant l'extase de cette femme positive :

— Pauvre enfant qui croit peut-être avec une jolie pensée musicale avoir raison de la résistance d'un homme d'argent!

Mais elle ne voulait rien laisser voir de son agitation. Quand le morceau s'acheva, aussi tendre, aussi poignant qu'un baiser d'adieu, elle battit des mains.

— Délicieux, mon cher petit, ton *Aveu Tardif*. Tu n'as jamais été mieux inspiré. Et tu sais que je suis difficile, que je fus pour toi une maîtresse de piano sévère, que je n'ai pas été toujours indulgente pour tes compositions. Cette fois je suis fière. Je crois que tu tiens un joli succès.

— On ne sait pas, on ne sait pas, fit-il en artiste que l'expérience a rendu sceptique, tu sais bien que c'est ce que j'aime le moins qui s'est le mieux vendu... Mais qu'importe, pourvu que cette mélodie lui plaise, à elle, que j'aime passionnément... Oh! oui, je l'aime cette petite... Cette obsession sentimentale ne m'a pas quitté un instant depuis mon départ...

Deux coups de timbre à la porte l'interrompirent. Il courut ouvrir et s'écria :

— Olivier, mon bon Olivier, je suis heureux de te voir. Tu ne pouvais mieux tomber...

Olivier Sarmande, peintre d'un certain mérite, était un grand ami de David, l'ami sûr, pour lequel on n'a pas de secret. Il revenait de passer trois mois en Bretagne, et sa première visite avait été pour le musicien dont il aimait le talent et le caractère.

Grand, élancé, le visage avenant, un peu rude et bref peut-être avec les gens qu'il ne connaissait pas, il passait dans son milieu pour être franc, d'une belle indépendance, d'un grand dévouement, d'une incontestable loyauté.

Sa main large d'homme robuste qui s'adonne aux sports, serra fortement celle de David. Le visage régulier, aux fraîches couleurs, rasé à l'américaine, eut un affectueux sourire :

— Et moi non moins heureux... Je ne te demande pas des nouvelles de ta santé. Elle est toujours florissante. Et Mme Maillac?

— Bien faible, bien faible, quoique le séjour à l'Etang-la-Ville l'ait reposée. Viens, mon vieux, viens...

Il l'entraîna par le bras et s'écria en entrant dans la pièce qui lui servait à la fois de salon et de cabinet de travail :

— C'est Olivier qui vient nous surprendre...

— Oh! je suis ravie de vous revoir, monsieur Olivier, fit la malade, les deux mains tendues... Je ne connais qu'un véritable ami à mon fils, vous... Donnez-vous la peine de vous asseoir, là, près de moi... Alors, cette Bretagne, cette Bretagne que j'aurais tant aimé revoir si je n'étais difficilement transportable!... Allons racontez-nous votre beau voyage, vos excursions, causons un peu de vos travaux.

Avec la meilleure grâce du monde, Olivier parla longuement de tout ce qui pouvait intéresser Mme Maillac. Il s'exprimait avec une simplicité pittoresque. Ses description étaient coloriées; en peu de mots, il vous créait un paysage et un site comme il l'eût dessiné en quelques coups de crayon. Mme Maillac l'aimait, d'abord pour la grande affection qu'il portait à son fils, ensuite pour sa conversation intéressante et dont il restait toujours quelque chose.

— Et vous! fit-il... A votre tour, parlez-moi de votre séjour dans cette jolie banlieue ouest que j'admire tant?... Et d'abord un simple mot. Tout à l'heure j'ai attendu un instant à la porte avant de sonner... Je ne voulais pas interrompre David qui jouait quelque chose de ravissant...

— Tu trouves? s'écria David flatté.

— De qui cette mélodie? D'un de ces maîtres dont la musique est immortelle?

— Si je ne te savais pas un homme d'une franchise presque brutale, repartit David souriant, je me dirais : « Olivier suppose que ce morceau est de moi et trouve un moyen détourné de me louanger. » Alors, je te traiterais de vil flatteur.

— Que veux-tu dire?

— Cette mélodie est de ma composition.

— Mes compliments, cher ami. Je connais de David Maillac des airs tout à fait gracieux, mais cette fois tu t'es surpassé. Et c'est intitulé?

— *Aveu Tardif*.

— Tu dis cela d'une singulière façon.

— Oui, à la façon des gens qui ont l'amour en tête.

Il ajouta plus bas :

— Et qui redoutent pour leur pauvre amour des obstacles insurmontables.

— Tiens, tiens, s'écria Olivier, te voilà pincé... Tu y as mis le temps.

— J'ai besoin de m'épancher, sacrifie-moi quelques heures... Tu vas déjeuner avec nous et nous irons tous les deux faire une promenade.

Et comme Olivier refusait, par discrétion.

— Je t'en prie, insista David, accepte. Tu nous fera plaisir à ma mère et à moi, et puis ta présence me donnera du cran pour tenter certaine démarche que j'estime urgente... Seulement, vois, je reviens de voyage... Je te laisse avec maman, le temps de faire quelques ablutions et de changer de vêtements... Excuse-moi...

Et David disparut dans sa chambre.

Alors Mme Maillac, restée seule avec Olivier, le regarda d'un air contrit et lui souffla :

— Il s'est emballé follement, imprudemment... Cette jeune fille ne peut être pour lui... Les parents sont séparés, et le père, un banquier parisien, ne pourra admettre qu'un gendre apportant une situation correspondant à celle qu'il assurera à sa fille... Il va vous parler longuement de mademoiselle Suzanne Goffé... En votre qualité de grand ami, faites tout pour le dissuader de poursuivre l'aventure. Il va au-devant d'un échec. Il n'en tirera que du regret et de la souffrance.

— Impossible, chère madame, répondit nettement Olivier, des interventions de cette nature font des brouilles qui tuent l'amitié. Je ne m'en mêle pas, ou si je m'en mêlais, ce serait pour aider David à réaliser le plus cher de ses vœux...

XII

Après déjeuner, les deux amis quittèrent Mme Maillac.

— Où m'emmènes-tu? demanda Olivier.

— Rue de Châteaudun. Je trouverai M. Goffé à son bureau. Je veux connaître cet homme qu'on m'a représenté comme un ogre... Je ne te demande pas de m'accompagner, je te prie simplement de m'attendre dans un café du voisinage. Je ne sais ce que cette visite me réserve, mais que le résultat soit bon ou mauvais, j'aurai besoin de me confier au grand ami qui me comprend et m'offre généreusement son appui...

Ils se séparèrent devant l'immeuble où s'abritaient les locaux de la banque Goffé.

— Je te rejoindrai à l'endroit indiqué, fit David très pâle.

— Du calme, ami, recommanda le peintre.

— Ah! j'aurais besoin de ton sang-froid, je t'admire...

— Bonne chance!

David longea une galerie un peu sombre et vitrée, où s'alignaient quelques guichets, et se trouva bientôt devant un large escalier. Parmi plusieurs inscriptions sur le mur, il lut : *Bureau du directeur et secrétariat, 1er étage.*

Il monta, les jambes soudainement amollies, et demanda à un garçon en livrée bleue, qui baillait devant une petite table :

— Monsieur Goffé?

— Il est sorti et ne rentrera pas avant trois heures, répondit nonchalamment le garçon. Est-ce pour affaire personnelle?

— Absolument personnelle?

— Sans quoi je vous aurais annoncé à son secrétaire...

— Inutile, je vais l'attendre.

Et David, après avoir écrit son nom sur un bloc, s'assit sur un banc du vestibule.

Cinq minutes s'écoulèrent. Le jeune homme vit soudain s'ouvrir la porte voisine du cabinet directorial.

Pierre de Fargue passa, échangea quelques mots à voix basse avec le garçon, puis, tout en regagnant son cabinet, examina attentivement le visiteur dont le visage se présentait en pleine lumière. Il allait poursuivre son chemin lorsqu'il se ravisa, et s'approchant du musicien :

— Excusez mon importunité, monsieur, je ne sais si je commets une erreur, mais, en vous voyant, il m'a semblé reconnaître un ami de collège?...

David s'était levé vivement. Le jeune homme reprit :

— N'êtes-vous pas M. Maillac?

— En effet, monsieur, mais...

— Moi, Pierre de Fargue...

— Oh! quelle rencontre inespérée, s'écria David, la main tendue, mais, il me semble que nous nous tutoyions au bahut? Pierre de Fargue, un vieux camarade... Tu es plus physionomiste que moi... car nous avons bien changé l'un et l'autre.

— Entre donc un instant que nous bavardions.

Pierre avait passé le bras sous celui de son ancien condisciple :

— Mais tu es très bien ici, murmura David en jetant un regard circulaire dans la pièce.

— Oui, très bien... Je suis entré dans cette banque il y a huit ans et, aujourd'hui, je suis le secrétaire du maître... Et toi, Maillac, est-ce que tu n'avais pas l'idée de devenir musicien?

— J'ai suivi, en effet, ma vocation, mon cher.

— Ah! vraiment, s'écria Pierre en simulant l'ignorance, je te félicite. Tu es ton maître au moins.

— Oui, mais j'ai lutté.

Alors David parla longuement des difficultés de sa profession, de ses débuts pénibles, de ses grands espoirs.

Puis, les jeunes gens évoquèrent des souvenirs d'adolescence, après quoi Pierre, avec des inflexions félines, demanda :

— Tu connais donc M. Goffé?

— Pas du tout.

— Mais alors?

David parut embarrassé.

— Voilà... je lui apporte des billets de concert.

— Comme cela... Sans savoir de quelle façon tu seras reçu?

— Mais M Goffé n'est-il pas une notabilité de la finance. Or, dans nos concerts, il nous faut des notabilités parisiennes, qu'elles appartiennent aux arts ou à la finance, des personnages répandus, jouissant dans notre société d'une situation particulière.

Il bégayait un peu, cherchant des explications alambiquées pour mieux déterminer l'objet de sa visite, mais s'empêtrant dans un galimatias d'imprécisions.

Pierre l'écoutait sans l'interrompre. Et un sourire énigmatique, figé sur le visage de son ami, augmentait le trouble de David.

Quand David eut terminé son petit discours, Pierre lui dit :

— Dans ce cas, Maillac, je crois bien inutile que tu attendes. Je lui remettrai ces billets de concert, et il sera d'autant plus ravi d'aller t'entendre que je lui parlerai de mon ancien camarade de collège en termes affectueux.

— Non, de Fargue, je te remercie de ton obligeance, mais j'aime mieux le voir moi-même, c'est plus correct. Penses-tu que je ne l'importunerai pas?

— Oh! si tu l'importunes, il te le dira, c'est un homme qui ne mâche pas ses mots... Tiens, je l'entends... Il vient de rentrer... Il a quelques lettres à dépouiller, puis il te recevra...

Sur ces mots, Pierre tendit la main au visiteur :

— J'espère que nous nous reverrons.

— Donne-moi donc rendez-vous, un soir, nous dînerons ensemble, et nous pourrons bavarder plus longuement.

— Mais volontiers.

— C'est entendu.

— Quand m'écriras-tu? Es-tu très pris cette semaine?

— Je ne puis te fixer de jour; en tout cas, tu auras un mot de moi avant dimanche. Au revoir...

— Au revoir, Maillac, enchanté qu'un hasard nous ait réunis à nouveau.

Pierre repoussa la porte, marcha vers celle qui faisait communiquer les deux cabinets et entra, la cigarette aux lèvres.

— Eh bien, qu'est-ce que vous pensez de cette visite? demanda-t-il au banquier.

Celui-ci tenait à la main la fiche où Maillac avait tracé son nom :

— Très drôle, dit-il... Ça m'amusera de connaître le grand favori de Mme Goffé et de M. Brénault, le candidat qu'on vous jetait déjà dans les jambes.

— Quand j'ai lu son nom sur la fiche d'introduction, repartit Pierre, je l'ai abordé ému. J'ai joué la comédie de la surprise... Nous avons bavardé un moment ensemble; naturellement, il s'est bien gardé de me parler de Suzanne.

— Curieux tout de même que vous ayez comme rival un ancien ami de collège.

— Oh! rival bien inoffensif... Ah! les intuitions! A force d'entendre Suzanne chanter ses mélodies, j'ai eu un soupçon... Et quand j'ai vu s'étaler le nom de Maillac sur les grands formats, je me suis dit : Voilà l'homme qui est à la fois mon rival et mon ancien camarade, la situation se corse... Si Suzanne se doutait de ma découverte, elle serait bien surprise... J'étais donc déjà renseigné lorsqu'elle vous a fait l'aveu de l'idylle champêtre... Mais j'étais loin de me douter que David viendrait un jour ici... Il veut vous offrir des billets de concert.

— Vous auriez dû lui dire que Suzanne est votre fiancée.

— J'en ai eu l'envie, puis je vous ai laissé, par déférence, le soin de le prévenir...

— C'est que Suzanne ne cesse de penser à lui.

— Bah! Vous voyez que je suis patient... Je n'ai pas l'air d'attacher d'importance à ses brusques variations d'humeur... Se montre-t-elle aigre et distante que je multiplie mes prévenances, mes compliments et des plaisanteries... Hier, j'ai réussi enfin à la faire rire.

— A la bonne heure, excellente tactique... Vous êtes le plus fort.

— Alors, je compte sur vous pour lui annoncer la nouvelle.

— Non, mon petit, je vous laisserai le soin de le prévenir, et dans des conditions qui lui ôtent à jamais l'envie de revoir Suzanne... Car il faut vous méfier de ce fabricant de mélodies pour jeunes filles sentimentales, il est arrivé à prendre un empire extraordinaire sur les nerfs de votre fiancée... A propos, j'ai fait disparaître les deux compositions qu'elle ne cessait de ressasser... J'en avais les oreilles rebattues... Depuis deux jours, elle les cherche partout, accusant les bonnes ou le domestique de les lui avoir dérobées.

— Bah! elle se les procurera de nouveau.

— Je les ferai disparaître encore... Allons, laissez-moi recevoir Maillac... J'ai hâte de voir ce bec enfariné du prétendant qui arrive après la bataille.

Pierre sortit, mais resta aux écoutes derrières la porte.

M. Goffé prit un cigare énorme, bagué de rouge et d'or, décapita la pointe d'un coup d'incisives, l'enflamma, puis, s'étant calé dans son fauteuil, il sonna le garçon.

Celui-ci parut.

— Faites entrer ce monsieur...

David se présenta, fort impressionné. Le compositeur était de ceux qui plaisent à première vue. Et, malgré l'idée préconçue qu'il se faisait du visiteur, M. Goffé dut reconnaître dans son for intérieur que David était séduisant et sympathique. Mais le banquier n'en garda pas moins la réserve un peu narquoise qu'il s'était promis d'observer.

Lorsque, en termes délicats, David lui eut fait part de son désir de le compter au nombre de ses auditeurs, M. Goffé le remercia et répondit :

— Quoique je ne sois pas très emballé pour vos concerts de musique savante où je m'endors généralement, je vous promets d'aller à celui-ci et de vous entendre. Mais, qui vous a donné le conseil de m'inviter?

Il s'attendait à des réticences, à des raisons plus ou moins spécieuses. Franchement, David lui avoua :

— J'ai eu le plaisir de faire la connaissance de mademoiselle Suzanne, à l'Etang-la-Ville... J'ai gardé d'elle un souvenir si charmant que je n'ai pu résister au désir de connaître son père... Je m'attendais, monsieur, à ne pas être reçu. Je sais combien les finances et la musique sont indifférentes l'une pour l'autre.

— Pourtant il y a des musiciens qui touchent des droits d'auteur somptueux et que, par conséquent, la finance intéresse.

— Malheureusement, je ne suis pas de ceux là...

— Je le regrette pour vous... Mais pour qu'elle raison supposiez-vous que je ne vous recevrais pas? Je reçois tous ceux qui désirent me parler, à condition toutefois qu'ils ne viennent pas pour des choses futiles... Vous m'apportez des billets de concert gratis, je n'ai pas de raison de vous mal recevoir... A l'Etang-la-Ville vous vous êtes trouvé dans un milieu où l'on vous représentait peut-être le banquier Goffé avec une tête moitié tigre moitié ours, toujours prêt à mordre...

La réflexion déconcerta un peu David. Il se ressaisit :

— Je ne m'en suis rapporté qu'à une seule personne, mademoiselle Suzanne, et vous savez ce qu'une jeune fille affectionnée peut penser de son père?

Sur ces mots, David se leva comme pour prendre congé.

M. Goffé pensa :

— Il n'ose par aborder le vrai motif de sa visite, mais je vais le fixer.

Et négligemment :

— Oui, je sais que Suzanne est la seule à m'aimer réellement et qu'elle est digne de l'affection d'un brave garçon qui saura la rendre heureuse.

Une rougeur monta au front de David.

— Mais ce garçon, poursuivit le banquier, je le choisirai parmi des gens de finances... Je ne veux pas que ma fille, après avoir connu une vie fastueuse, se trouve précipitée dans un milieu où une façade dorée cache une gêne permanente, où l'on comptera sur le travail de papa pour vivre. Non. Suzanne sera riche et ne doit pas épouser n'importe qui. Dans un mariage le cœur doit compter pour une voix, mais la raison pour dix... Voilà mon opinion.

Il s'était levé :

— Je ne vous retiens pas, monsieur Maillac, car mon temps est précieux...

Il tendit la main à David dont le cœur chavirait. Le jeune homme la prit en balbutiant :

— Me donnez-vous la permission de revenir vous voir?

— Mon Dieu, si vous avez un conseil à me demander, en matière de placement, je serai enchanté de vous être agréable...

— Merci, monsieur... Puis-je vous demander d'être l'interprète de mes meilleurs souvenirs près de Mlle Suzanne?

— C'est une chose possible, je ne manquerai pas.

Il accompagna le visiteur jusqu'au seuil de la porte, le vit s'éloigner d'un pas mal assuré, et se dirigea vers le bureau de Pierre :

— Eh bien, l'entretien est terminé. J'aurais voulu qu'il parlât mariage, c'eût été beaucoup plus drôle, mais il a eu peur de se faire bafouer. Il m'a demandé à revenir, le pauvre diable! Je suis bien tranquille, je ne le reverrai plus. Maintenant, il s'agit de libérer Suzanne d'une influence mauvaise. Cette amourette a laissé chez elle des traces profondes. Je me félicite aujourd'hui d'avoir éloigné Mme Goffé. Je sais qu'elle est partie, que le transatlantique *Rochambeau* la compte au nombre de ses passagers. Bon débarras. Nous voici tranquilles... Elle aurait revu Suzanne à mon insu; son hostilité contre votre mère, contre vous, eût fâcheusement influé sur l'esprit de ma fille...

— Mais pourquoi ne parle-t-elle pas du voyage de Mme Goffé; elle l'ignore donc?

— Probablement...

— Et quand elle saura...

— N'anticipons pas... Suzanne est une récalcitrante, une impulsive, qui finit par accepter toutes mes raisons... J'en trouverai de bonnes, quand elle jettera les hauts cris... Ce Maillac, décidément privé de l'appui de ma femme, n'a plus qu'à s'évanouir, le trait d'union est supprimé. Félicitez-vous de la décision que j'ai prise. Et maintenant fermons la parenthèse, parlons de choses sérieuses. Voici des demandes de clients. Ils ont reçu l'extrait de leur compte et prétendent n'être pas d'accord. Examinez cela avec la comptabilité... A propos, j'ai eu des renseignements confidentiels sur la Société d'Energie Electrique Clipson, il faut écouler rapidement tous les titres de cette firme que nous possédons en portefeuille. J'avais compté sur une affaire florissante et je crains un désastre... Et votre mère allait bien ce matin?

— Non, elle était un peu souffrante.

— J'irai la voir tout à l'heure, je ne l'importunerai pas au moins?

— Vous savez bien qu'elle a toujours le plus grand plaisir à vous voir...

— Pourquoi son entêtement systématique à refuser mes invitations à dîner?... On dirait qu'elle craint sa future belle-fille!

— Oh! monsieur Goffé, excusez ses scrupules. Ma mère est une femme d'une grande susceptibilité. Elle redoute surtout les réflexions désobligeantes. Elle ne veut pas qu'on l'appelle la future Mme Goffé.

— Vraiment, elle a bien tort, elle exagère!... Ne m'avez-vous pas dit que sa fête tombait dans quelques jours?

— En effet, et j'ai l'intention de réunir quelques intimes à cette occasion.

— Je voudrais lui offrir un joli bijou... Voyons, conseillez-moi... Une bague, qu'en dites-vous? N'est-il pas anormal qu'une si jolie main reste sans ornement?... Vous ne sauriez croire ce qui se passe dans mon être lorsqu'elle m'abandonne un instant cette jolie main...

Les yeux de M. Goffé exprimaient une extase qui remplissait Pierre d'un malaise étrange.

Il se contenta de répondre, un peu sec :

— En effet, ma mère a une main remarquable de finesse, élégante, aristocratique... Mais, je vous en prie, monsieur Goffé, ne lui offrez aucun bijou, elle n'en veut plus porter.

— Allons donc, votre mère est comme les autres femmes, vous ne me ferez pas accroire qu'elle est insensible à un beau diamant?

Ces mots, dans l'esprit du jeune homme, avaient l'acidité d'une profanation.

— Je suivrai mon idée, poursuivit le banquier, vous me faites rire avec votre excès de discrétion... Allons, sauvez-vous, laissez-moi tranquille...

Pierre se retira grommelant :

— Oh! pouvoir dire tout ce que je pense à cet homme... S'il savait en quel mépris le tient maman... Va, pauvre nabab amoureux, enfourche ta chimère!...

XIII

Ce soir là, lorsque Pierre rentra rue de Moscou, il vit l'auto de M. Goffé arrêtée devant la porte. Son directeur, après la promenade à Saint-Cloud, avait déposé Suzanne et Ginette avenue du Bois puis s'était fait conduire chez Mme de Fargue.

Pierre murmura :

— Pauvre mère! quelle patience il lui faut pour accepter les visites de plus en plus fréquentes de cet homme indiscret... Il abuse, vraiment... Depuis que je suis le fiancé de sa fille, il se croit déjà le fiancé de ma mère!...

Il monta, irrité, ouvrit la porte qu'il repoussa violemment... Il entendit alors M. Goffé prononcer, mielleux :

— Je suis très content de savoir que ce commencement de grippe est enrayé... Au revoir, chère madame, je ne veux pas abuser de votre temps; à bientôt...

En voyant Pierre, il lança d'une voix claironnante :

— Tenez, voici le plus heureux de nous trois, il sera marié bien longtemps avant moi avec la femme qu'il aime... Vous verra-t-on ce soir, Fargue?

Il escamotait toujours la particule :

— Non, monsieur Goffé, je reste ici, je me suis excusé près de Suzanne... Depuis longtemps, j'abandonne trop ma chère maman. Elle est si

Furieux il déchira la lettre (p. 21).

heureuse lorsque je peux lui sacrifier de temps en temps une soirée complète.

— Vous êtes un bon fils, Fargue, ce sont là de petites attentions auxquelles votre mère doit être très sensible...

Sur ces mots, le banquier eut un petit signe amical pour Mme de Fargue, et tenant son secrétaire par le bras jusque sur le palier :

— Eh bien, dit-il à voix basse, je suis allé à ce fameux concert. J'ai revu votre rival... Les alouettes se laissent prendre au miroir, celui-ci séduit les jeunes filles sentimentales par des flots d'harmonie... Sabrez-moi ça, Fargue, sabrez-moi ça!...

— Oh! répondit Pierre d'un air confiant, je ne crains pas cette rivalité, la preuve, c'est que Maillac viendra à notre petite soirée... Et comme si je ne savais rien au sujet de l'idylle banlieusarde, je lui présenterai ma fiancée. Je jouirai alors de sa confusion et de son ahurissement...

— Oh! oh! vous avez des idées vraiment machiavéliques, pouffa M. Goffé... Peut-être avez-vous tort de jouer avec le feu, mais c'est votre affaire, mon bon!

— Après tout, si Suzanne aime entendre ce garçon lui jouer sa musique et lui seriner : « Je vous aime », pourquoi lui refuserais-je ce plaisir?... J'étais las d'être un fiancé ombrageux et j'adopte une nouvelle tactique. Je recevrai David autant qu'elle le désirera. On ne peut être plus accommodant?

— A demain, à demain, je me sauve, fit, pour toute réponse, M. Goffé peu convaincu.

Lorsque Pierre repoussa la porte et se trouva devant sa mère, celle-ci lui demanda :

— De quoi causiez-vous?

— De peu de chose... des affaires de la Banque. Il était là depuis longtemps?

— Une demi-heure environ... Quand cet homme me parle d'amour, je me domine pour ne pas rire. Il m'exaspère et me fait pitié tout à la fois... Je sens qu'il m'aime et qu'il souffre. Il est venu me demander ce qui me conviendrait le mieux, d'une bague avec solitaire ou avec perle... J'ai refusé, mais il insiste, il insiste... Dissuade-le, Pierre, de me faire ce cadeau...

— Il ne veut rien entendre.

— Oh! si je n'avais pas toujours présents à l'esprit l'idée de ce mariage et l'avenir doré qu'il te réserve, quelques mots bien cinglants me débarrasseraient vite de ce gêneur... Parfois la colère m'étrangle. Je pense que ce sont des hommes comme celui-là qui ont trompé ton père, qui sont cause de notre ruine... Il aimait les cartes, mais les conseils perfides, les mauvais placements précipitèrent le désastre. Quelle belle victoire quand mon fils tiendra enfin la situation qu'aurait dû lui laisser son père! Il me semblera que j'ai fait rendre gorge à l'un de ces voraces.

— Si tu savais comme je souffre de ses importunités!

— Sois patient, Pierre, comme je l'ai été et comme je le suis encore pour toi... Le jour viendra où je savourerai mon triomphe. Je serai largement payée de ma peine.

— Et si M. Goffé allait s'apercevoir qu'il est roulé?...

— Je suis fine, crois-moi, il ne s'en apercevra jamais, et il souffrira... A ce moment, je serai tranquille pour mon fils... Je reverrai Mme Goffé, j'en ferai mon amie... je l'exhorterai à la résistance... Elle maintiendra énergiquement son refus.

— Mais son mari lui coupera les vivres... C'est son seul moyen d'avoir raison de la malheureuse.

— J'espère alors que ta situation te permettra de subvenir aux besoins de Mme Goffé... Je ne l'ai entrevue que trois fois, cette Mme Goffé, elle m'est sympathique, d'autant plus sympathique qu'elle a dû souffrir beaucoup...

La mère et le fils se mirent à table. Pierre était aux petits soins pour la jolie femme :

— Je ne veux pas que tu te déranges, c'est moi qui te servirai ce soir...

Il faisait la navette entre la salle à manger et la cuisine, apportant les mets préparés, le matin, par la femme de ménage.

Il voulait voir rire sa mère si dévouée :

— Courage, mère, le temps marche... Tu auras bientôt une femme de chambre et une cuisinière...

— Non, non, mon Pierrot, je me contenterai d'une seule bonne...

— Pour ta fête, dis-moi ce qui te ferait plaisir?

— Rien, mon chéri, l'attention me suffit... Garde ton argent... Je veux que tu n'en manques pas pour ton voyage de noces... Et puis tu as eu de grosses dépenses, tu en auras encore : la bague de fiançailles, les magnifiques bouquets que tu fais porter chaque jour...

— C'est vrai. Heureusement que je touche de bonnes commissions en dehors de mon traitement... Jusqu'ici M. Goffé ne m'a vraiment pas gâté sous le rapport des appointements... Son futur gendre mériterait mieux... Enfin, je m'arrange... Qu'importe! je m'en tenais toujours aux fleurs. Cette fois je veux te gâter... Je ne remplacerai pas, hélas! le collier de perles qui fit longtemps ton bonheur avant la mort de mon cher papa, mais j'ai l'idée d'un bracelet...

— Je t'en conjure, ne fais pas de folies...

— Si, si, je veux que ma chère maman ait au moins un joli bracelet à mettre le jour de mon mariage.

— Tu n'es pas raisonnable, Pierre.

Elle lui tendit les bras, et dans une solide étreinte :

— Mon petit, mon cher petit... Toi qui m'as aidée à vivre par tes sourires, ta tendresse, tes attentions touchantes... Oh! te voir heureux et riche!... Après cela, la vie me semblera légère, si légère que je pourrai disparaître en remerciant le ciel d'avoir comblé mes vœux...

Il se récria :

— Disparaître, chère maman, quel vilain mot... Toi encore si jeune et si belle!...

— C'est une façon de parler... La maladie peut vous enlever à tout âge...

— Tiens, tu attristes notre repas qui avait si bien commencé...

— Grand fou! je n'ai pas envie de mourir, loin de là... Je veux vivre au contraire, pour être grand'mère, pour gâter mes petits-enfants...

Elle lui tapota la joue, quêtant de nouvelles tendresses qu'il savait lui prodiguer avec toute la ferveur d'un fils idolâtre.

— Maintenant, mère, nous allons aller faire une promenade sur les boulevards...

— Non, non... Si tu veux être gentil, tu vas me quitter. Ta place est près de ta fiancée...

— Mais puisqu'elle est prévenue que je n'irai pas, que je te sacrifie ce dimanche...

— Eh bien, elle aura une bonne surprise. Va, mon chéri, va... Tu me feras plaisir...

Il mettait si peu d'empressement à céder qu'elle en fut toute troublée :

— Pas de nuages à l'horizon, j'espère?

— Un accord parfait, chère maman.

— Eh bien alors, pourquoi cette moue?... Oh! le vilain garçon qui devrait n'avoir qu'une hâte : embrasser sa petite fiancée... Vois-tu, mon chéri, elle pourrait me prendre en grippe, se dire : « Il m'abandonne pour sa mère. » Je ne veux pas, Pierrot...

Et, avec de bons yeux suppliants :

— Dépêche-toi, dépêche-toi... Elle te saura gré d'être venue...

Il craignit de la peiner et la quitta quelques minutes après. Mais il était résolu à ne pas paraître ce soir-là devant Suzanne.

— Non, non, ce n'est pas le moment, grommelait-il, elle a revu l'autre; j'attendrai à demain...

Et il partit finir la soirée dans un music-hall...

XIV

Trois jours après, Pierre quittait son bureau vers cinq heures et se rendait rue Notre-Dame-de-Lorette, au domicile de David...

Mme Maillac était seule.

Pierre s'inclina :

— Je suis M. de Fargue. Mon ami David...

Elle l'interrompit :

— Ah! monsieur, donnez-vous donc la peine d'entrer... Mon fils m'a parlé beaucoup de vous... Il a dû s'absenter... Une convocation urgente... J'ai peur que vous n'attendiez trop longtemps... Quand il apprendra votre visite, il sera désolé... Asseyez-vous..., asseyez-vous... Vous avez bien quelques instants?...

Elle se montrait pleine d'empressement.

— Je lui avais promis de venir le voir pour lui rappeler sa promesse, expliqua Pierre, et comme je suis tenace...

— Je sais, je sais, fit Mme Maillac... Oh! vous pouvez compter sur lui... Mon fils n'a qu'une parole...

Et ils bavardèrent longuement. Plusieurs fois Mme Maillac fut sur le point de lui parler de M. Goffé et de Suzanne, mais craignit de commettre une maladresse. Pourtant elle le questionna sur sa situation à la banque et finit par lui parler de certaines valeurs qu'elle possédait et qu'elle désirait vendre pour en acheter d'autres d'un meilleur rapport.

— Vous pourriez peut-être me donner un bon conseil d'ami?...

— Mais très volontiers.

— Voyez, je ne puis sortir pour m'occuper de cette opération... Quant à David, il a toujours peur que je fasse une sottise... Brave petit, il est bien pardonnable d'être trop prudent.

— Pour le prix des valeurs dont vous me parlez, je peux vous procurer des titres d'une affaire industrielle de tout repos rapportant 6 1/2 0/0.

— Mais ce serait très bien, vous pouvez me les garantir?

— Soyez tranquille.

— Alors, vous n'en parlerez pas à David... Il me gronderait peut-être de me séparer de ces valeurs... Que voulez-vous, aujourd'hui chacun cherche son intérêt, tout est si cher...

Péniblement elle était allée jusqu'à son armoire à glace. Elle en rapporta un petit coffre, sortit quelques-unes des valeurs en question.

Il les examina et murmura :

— Ce n'est plus intéressant, en effet.

— Et la valeur dont vous me parlez?

— Fameuse. La Société d'Energie Electrique Clipson.

— Il y en a pour vingt-cinq mille francs au prix du cours.

— C'est bon, voulez-vous me les confier?

Elle hésita, puis :

— Vingt-cinq mille francs... très petite affaire pour vous, mais c'est une somme importante pour moi, presque la moitié de mon bien... Avec ces modestes revenus, je ne suis pas complètement à la charge de David qui lutte, qui lutte...

— Et qui arrivera, je puis vous l'assurer.

— Oh! si vous pouviez dire vrai...

Il compta les titres. Mme Maillac tremblait, craignant que son fils n'entrât à ce moment.

— Je les ferai mettre en vente, et vous apporterai moi-même les autres, ajouta Pierre avec son énigmatique sourire.

Et tout en glissant le paquet dans sa poche :

— Je n'attends pas ce brave David. Dites-lui que la petite réunion, rue de Moscou est fixée au 15, à neuf heures. Qu'il vienne plutôt vers huit heures et demie, que nous puissions bavarder un instant avant l'arrivée de nos amis. D'ailleurs, il aura une petite carte la veille : deux sûretés valent mieux qu'une...

— Je lui ferai la commission.

— Et pour vous voir seule au sujet de ces valeurs quand dois-je me présenter?...

— David s'en va toujours vers deux heures et ne rentre qu'à cinq. Comme je vous le disais, exceptionnellement, aujourd'hui, il a trouvé une convocation...

— J'en prends note... Au revoir, madame, bien des amitiés à ce vieux camarade, et enchanté de vous connaître...

Un quart d'heure après, Pierre rentrait à son bureau, rue de Châteaudun, faisait appeler un employé du service des titres et jetant le paquet de valeurs sur la table :

— Vous me ferez vendre cela au cours le plus bas...

— Entendu.

— Créditez madame Maillac, rue Notre-Dame-de-Lorette. Vous me rapporterez le reçu.

Et comme l'employé se retirait, Pierre allait frapper à la porte du bureau voisin.

— Entrez, fit le banquier.

— Je viens d'écouler pour vingt-cinq mille francs des valeurs Clipson...

— Ah! ah! et à quel gogo?

— Vous ne devineriez jamais! A la maman de ce bon David.

— Oh! très amusant!... Vous avez vu... elles ont encore dégringolé.

— En effet...

— Elle vous maudira, cette brave femme; ses vingt-cinq mille francs sont bien compromis...

— Bah! pour ce que je la reverrai!

— Vous allez vous attirer également la haine du musicien.

— Il est probable qu'après la soirée du 15, ce sera la grande brouille.

Il eut un ricanement sec. Sa petite vilenie d'homme vindicatif et jaloux lui donnait une première satisfaction.

Il allait se retirer lorsque M. Goffé le rappela.

— Une seconde, Fargue.

Le banquier sortit un écrin de sa poche, l'ouvrit :

— Qu'est-ce que vous en pensez?

— Oh! très jolie.

C'était une bague de platine avec un brillant entouré de roses. Le banquier éloignait le diamant pour le faire miroiter dans l'ombre :

— Il en jette des feux, hein?... Voilà qui va enrichir la jolie main de votre mère...

— Elle vous avait pourtant répété qu'elle ne voulait rien.

— Oui, oui, je sais... par discrétion... Je connais ça...

Il clignait de l'œil pour mieux préciser sa pensée.

Cette mimique crispa le jeune homme.

Il se dit : « Oh! pouvoir me jeter sur ce rustre! » M. Goffé reprit :

— Tenez, Fargue, il me faut de l'argent.

Ses gros doigts accrochèrent un bloc de reçus. Il traça d'une écriture épaisse, baveuse : seize mille francs. Il négligea, comme d'habitude, d'inscrire sur la souche la somme qu'il prenait pour ses besoins personnels.

Détachant la feuille, il la tendit à son secrétaire :

— La moitié en billets de mille, l'autre en coupures diverses.

— Bien, monsieur, je vais vous apporter cette somme...

XV

Ce matin-là, Suzanne s'était réveillée assez tard. Ginette qui venait d'entrer dans la jolie chambre bleue dont les rideaux étaient encore tirés, elle dit :

— J'ai la tête bien endolorie, mets-moi une bonne compresse d'alcool camphrée.

— Tout de suite, ma Suzon.

— Et puis je compte sur toi pour mettre cette lettre à la boîte.

Elle lut :

« Cher monsieur David,

« J'ai reçu avec joie votre nouvelle romance *Aveu tardif*. Elle est exquise comme toutes celles que vous avez composées. Seul le mot tardif me chagrine, mais ne devons-nous pas nous plier à l'irrémédiable? Un adieu plein de regrets au compagnon aimable et empressé de nos charmantes promenades.

SUZANNE. »

— Tu ne lui parles pas encore de ton mariage?

— Je lui fais comprendre à demi-mots qu'il ne doit plus espérer... J'ai un spleen, mais un spleen!

A ce moment, la femme de chambre entra, portant un magnifique bouquet.

— De la part de M. de Fargue.

— Oh! Clémentine, je vous en prie, mettez ce bouquet où vous voudrez, mais pas ici... Il va m'entêter davantage. Sauvez-vous, sauvez-vous...

Clémentine sourit. En refermant la porte, elle murmura :

— Décidément, les fleurs de M. de Fargue n'ont pas grand succès...

Elle descendit et trouva dans le vestibule la vieille Emilie, une vieille servante toute dévouée, qui avait été la nourrice sèche de Suzanne, à laquelle on faisait, dans la maison, une vieillesse douce.

— Mademoiselle m'a drôlement reçue avec le bouquet. Elle n'en veut pas dans sa chambre...

— Elle a bien raison... Moi, à sa place, je signifierais à monsieur que j'ai réfléchi et que je ne veux plus me marier... Elle en aime un autre c'est son droit.

— Pourquoi a-t-elle accepté M. de Fargue?

— Parce que ce petit bonhomme-là est le protégé de monsieur, et que monsieur fait plier tout le monde à sa volonté... J'en ai parlé longuement avec Suzanne. En la voyant pleurer, je lui ai dit : « Mais s'il ne vous plaît pas, il faut l'avouer franchement à votre père. Il arrive quelquefois que l'un des fiancés renonce au mariage pour une raison ou pour une autre... Songez, ma pauvre petite, que le mariage, c'est pour toute la vie. Si vous avez le pressentiment d'être malheureuse, mieux vaut rompre sans tarder. Après tout, ce n'est pas pour votre père que vous vous mariez, c'est pour vous. » Elle m'a répondu : « Je ne peux pas, je n'ose pas... J'ai accepté trop vite, je le sais. » Et elle a ajouté : « Mais aussi mère reviendra ici... Ce mariage mettra fin à la trop longue séparation. »

Clémentine sourit avec un haussement d'épaules :

— Elle croit ça, la pauvre!... Il y en a peut-être une qui viendra ici et qui commandera : la mère de M. de Fargue.

— Oh! vous paraissez en savoir bien long...

— Mlle Ginette est renseignée... Il n'y a que mademoiselle et vous qui ne soyez pas au courant de ce qui se manigance dans la coulisse... Demandez donc à François où monsieur se fait conduire en auto plusieurs fois par semaine... Demandez-lui où monsieur est allé ce matin?... Chez un bijoutier de la rue de la Paix... Il a vu monsieur examiner des bagues, en choisir une. C'est peut-être pour Mme Goffé cette bague-là?... Ah! là! là! vous êtes bien naïve... Vous qui êtes dans les petits papiers de Mademoiselle, vous devriez la renseigner.

— Je n'oserais jamais... elle aime trop son père, c'est moi qui aurais tort.

— Eh bien, Emilie, vous verrez ce qui se produira après le mariage. La séparation tournera en divorce. Et puis, un jour, la mère du marié fera une entrée triomphale dans la maison... Alors il y aura du changement.

Emilie avait pris une attitude réfléchie.

— Mais alors, murmura-t-elle, ce serait abominable! La pauvre Suzanne qui compte tant sur le retour de sa mère. Elle veut même que la réconciliation soit faite avant le mariage.

— Si elle exige pareille chose, ce n'est pas la paix qu'elle aura, c'est la guerre. Et nous en ressentirons le contre-coup.

— Oh! mais, ah! mais, il faut que j'en parle à mademoiselle Ginette...

Elle mit la main devant sa bouche et chuchota :

— Attention, elle descend... Sauvez-vous.

Ginette, chapeautée, tenait à la main la lettre destinée à David.

Emilie l'aborda :

— J'ai trouvé que Mlle Suzanne avait bien mauvaise mine, ce matin, et de la fièvre... Peut-être pourrait-on appeler le docteur?

— Elle ne veut pas, Emilie, elle dit que ce ne sera rien... J'ai obtenu qu'elle reste couchée toute la journée.

— Vous avez eu raison... Depuis qu'elle est revenue de la campagne, elle ne dort plus, la pauvre petite...

Puis, tirant Ginette par la manche, elle l'amena jusque sur le seuil du salon :

— J'ai quelques mots à vous dire, chuchota Emilie, ça me coûte de vous parler de ces choses-là, mademoiselle, mais enfin c'est assez grave pour qu'on s'en occupe... Mlle Suzanne est trop confiante, et si elle croit que madame, après huit ans de séparation, va revenir ici, et que ce sera une nouvelle lune de miel, j'ai peur qu'elle ne se trompe...

Ginette eut un sourire mélancolique :

— Oh! Emilie, je suis au courant de bien des choses qui m'affligent, mais souvenez-vous que, dans cette maison, il ne faut pas paraître trop renseigné, et bien tenir sa langue...

— Enfin, si Mlle Suzanne savait, peut-être se méfierait-elle du piège; il paraît que M. Goffé va plusieurs fois par semaine chez Mme de Fargue...

Ginette, que ces indiscrétions d'office agaçaient, repartit :

— Voyons, Emilie, c'est une chose toute naturelle, il faut bien que tous deux parlent de leurs enfants. Songez que ce mariage doit avoir lieu bientôt.

— Oui, oui, je comprends, mais lorsque monsieur se fait conduire chez un bijoutier de la rue de la Paix pour acheter une bague destinée sûrement à madame de Fargue, c'est louche.

— Etes-vous bien sûre, Emilie, que cette bague soit pour madame de Fargue?

— Oh! cela ne fait pas de doute.

— Avant de répéter des choses comme celle-là, il faut en avoir l'assurance... D'ailleurs, il n'y a rien d'extraordinaire que M. Goffé fasse un cadeau à la mère de son futur gendre...

Sur ces mots, elle rompit l'entretien et gagna la porte du perron.

— Encore une, murmura aigrement Emilie, qui a peur de se faire du tort dans la maison... Il n'y a pas pires sourds que ceux dont l'intérêt est de ne pas entendre.

Elle ne se doutait pas que ses petites révélations venaient de rendre Ginette toute chagrine :

— Pauvre tante! que de soucis l'attendent à son retour... Cette madame de Fargue est décidément une terrible intrigante... Il lui faut la place à toute force et elle l'aura...

Comme la jeune fille tirait la porte de la grille qui s'ouvrait sur l'avenue du Bois, M. Goffé descendait d'auto.

La jeune fille n'eut pas l'idée de dissimuler la lettre.

— Où vas-tu, Ginette? qu'est-ce que c'est que ça? demanda le banquier en jetant un coup d'œil sur la suscription.

Elle s'en voulut de son imprudence, et vit les yeux de M. Goffé s'exorbiter.

— Comment, elle écrit à ce Maillac? Et tu fais l'intermédiaire entre ce polichinelle et ma fille!... Oh! mais en voilà assez...

Furieux, il déchira la lettre, en fit une boule qu'il fourra dans sa poche, puis impérieux :

— Demi-tour... Il faut que cette comédie cesse.

Il entra en coup de vent, monta lourdement l'escalier et pénétrant dans la chambre de Suzanne : « Encore couchée, toi?...

— Oui, j'ai la tête en feu, et je me sens un peu fiévreuse...

— Fiévreuse! Ah! vraiment, cela ne t'empêche pas d'écrire des épîtres à ton musicien!

— Qui t'a dit?...

Il sortit la lettre lacérée, et narquois :

— Tu aurais dû conseiller à Ginette de se méfier... On eût dit qu'elle arrivait juste pour me livrer cette lettre...

Suzanne eut un tressaillement. Tout de suite elle fut envahie d'un sentiment de méfiance. Ginette manquait-elle de franchise?

— Oh! père, se défendit-elle, tu peux lire cette lettre... Je félicite M. David, voilà tout... Je serais même satisfaite que tu en prennes connaissance, car elle contient mon adieu... si cela peut te faire plaisir...

M. Goffé se radoucit :

— Je veux bien te croire... Que ce soit fini, n'est-ce pas, et bien fini...

Puis, après une pause :

— Pourras-tu te lever dans la soirée?

— Non, je resterai couchée, je ne dînerai pas.

— Parce que Fargue viendra.

— Je regrette, mais je ne pourrai le recevoir.

— C'est bon, je le prierai de différer sa visite.

Il allongea son énorme main sur celle de Suzanne :

— En effet... un peu de fièvre...

Puis, en lui pinçant le menton :

— Fais voir ces yeux-là, mon petit... Oh! l'œil est bon, ce ne sera rien, repose-toi...

Il lui tapota la joue. Son regard était devenu affectueux :

— Qu'est-ce que tu veux que je te rapporte de bon?... Tu ne me demandes plus jamais rien.

— Parce que je n'ai envie de rien.

— Envie de rien!... On doit toujours avoir envie de quelque chose... Tu n'as qu'à parler. L'argent déborde.

— Oh! l'argent, l'argent!...

— On dédaigne toujours ce qu'on a en abondance. Il faut ne pas avoir d'argent pour apprécier la magie de ce mot... Allons, je te laisse tranquille... Au revoir...

Il descendit et trouva Ginette, confuse, qui se faisait toute petite, dans la salle à manger.

— Toi, détourne-la de son idée fixe, tu entends... qu'il ne soit plus question de Maillac ici...

Il lui secoua son index sous le nez, puis ajouta, entre les dents :

— Ne te mets jamais en travers de mes projets... jamais, jamais, ou sans quoi... tu vois la porte!...

XVI

Le soir indiqué par Pierre de Fargue, David se présenta rue de Moscou, vers huit heures et demie.

L'intérieur modeste avait été arrangé avec un goût parfait. Partout de nombreuses plantes vertes et des fleurs sous un éclairage brillant.

Pierre était en tenue de soirée, impeccable, magnifique.

Il reçut David avec un sourire fat :

— Cher ami... félicitations pour ton exactitude... Tu vois, notre intérieur est petit, mais j'ai une mère qui a les pouvoirs d'une fée, elle a su le rendre attrayant... Il y a de la magie dans son ingéniosité.

— Véritablement exquis! félicita David.

A ce moment, Mme de Fargue entra. Elle portait une longue robe de velours noir à manches courtes. Malgré ses cheveux gris ondulés, elle paraissait très jeune. Sa simplicité de grande dame impressionna David.

— Ma mère qui pourrait passer pour ma sœur! annonça Pierre. Mère, je te présente le virtuose et ami dont je t'ai parlé beaucoup depuis que nous avons eu le plaisir de nous revoir.

Un sourire plein de charme, quelques mots de bienvenue exprimés avec grâce mirent tout de suite David à son aise. Il s'inclina, toucha des lèvres la jolie main effilée, puis balbutia :

— Madame, je suis ravi de vous être présenté.

— Mon fils m'a fait un éloge très flatteur de votre talent, monsieur Maillac.

— Je suis sûr qu'il a exagéré.

— Pas du tout, se récria Pierre, David est un modeste... Il est l'auteur de mélodies charmantes que l'on chante beaucoup dans les salons... J'espère bien qu'il va nous faire entendre les principales... Va, mon petit, nous n'abuserons pas de toi... Tu peux te rassurer...

— Mais, tu n'abuseras jamais assez...

— Pas du tout, pas du tout, nous sommes des gens discrets... Tu nous a fait le grand honneur de venir, c'est déjà très beau... Tiens, assieds-toi... Non, pas sur une chaise, sur ce canapé... Là, près de moi. Es-tu bien?...

— Très bien.

— Maintenant bavardons un peu en attendant la foule... Oh! la foule, c'est une façon de parler... Une quinzaine de personnes, rien que des amis simples avec lesquels on ne se croit pas obligé de phraser... Tu as composé, paraît-il une musique ravissante sur de vieilles paroles : « Je vous aime. »

— Qui t'a dit cela?

— Mais c'est notoire, mon petit... Un soir dans un salon, une jeune fille chantait cette romance. Je me suis penché sur le grand format pour savoir l'auteur de la musique et, tout de suite, j'ai éprouvé une vive satisfaction en lisant ton nom. Depuis lors on m'a dit que cette romance commençait à être très répandue et obtenait partout un joli succès... Eh bien! quand nos invités seront tous réunis, je te la demanderai, ta romance.

— Ce sera une double joie pour nous de l'entendre chanter par l'auteur, assura Mme de Fargue.

Elle eut un geste qui fit étinceler le brillant qu'elle portait au doigt...

M. Goffé lui avait envoyé, dans la matinée, la bague qu'il promenait depuis quelques jours dans sa poche.

Et malgré sa répugnance à mettre ce bijou, Mme de Fargue avait compris qu'elle ne pouvait s'en dispenser.

Pierre demanda à David des nouvelles de sa mère, ajoutant qu'il la trouvait très accueillante mais si triste...

— Hélas, pauvre mère, expliqua David très ému, elle a le cœur faible, bien faible! Le médecin ne m'a pas caché ses inquiétudes. La moindre émotion peut la tuer...

— Vrai! Comme je te plains, mon bon David... Moi qui ai une adoration pour ma mère... S'il me fallait la perdre...

Puis il pensa aux valeurs suspectes apportées

à Mme Maillac, deux jours auparavant, en échange des autres, celles de tout repos.

Il éprouvait maintenant un léger regret, un de ces regrets éphémères qui ne tiennent pas à la conscience.

Un coup de timbre retentit. Le secrétaire du banquier se leva, laissant David bavarder avec Mme de Fargue.

C'était Vaubrey, grand ami de Pierre, type d'égoïste endurci qui faisait de l'ironie lorsqu'on lui parlait mariage, impénitent pique-assiette qui payait son écot en humour, en bons mots, en potins piquants et neufs sur les notabilités de tout acabit, inventant même des scandales ébouriffants pour paraître toujours renseigné.

— Voilà Vaubrey, l'illustre Vaubrey! s'écria Pierre enjoué... Si tu n'étais pas venu, je t'aurais écrit des sottises.

— Je t'avais promis, mon cher... Et puis je voulais à toute force la connaître cette fille de Mécène à laquelle tu sus inspirer un si violent amour... Veinard, va!... Arriviste!

— Et toi, Vaubrey, quand te maries-tu?

— Mais je n'ai pas le temps, vieux, je suis trop occupé... Je ne dis pas plus tard, très tard... Pour l'instant je ne suis pas mariable, crois-moi... J'aime trop la vie décousue... Je suis un gros papillon de nuit... Je me lève à midi, je me couche à l'aube, je suis de toutes les premières, je me suis fait une vie très agréable, sybaritique, en marge de celle des gens rangés comme toi... Une femme trouverait l'enfer où je trouve le paradis... Non, non, pas de mariage; si tu as l'intention de me présenter une jeune fille à caser ne compte pas sur mon dévouement...

— Un mot... Connais-tu un jeune compositeur nommé David Maillac?

— Oui j'ai entendu parler de ce phénomène... Il y a certaines rengaines de lui que chevrotent d'innombrables jeunes filles pleurnicheuses.

— C'est un ami de collège... Je l'ai invité, il est là... Cet été, il fut pris d'une passion très vive pour Suzanne, et il ignore que je vais l'épouser. Observe-le donc attentivement quand je lui présenterai ma fiancée; ce sera sans doute très amusant, prodigieusement amusant.

— Oh! oh! le clou de la soirée, un drame d'amour sur un visage pâle. Si j'étais artiste de cinéma, je me documenterais... Des jeux de physionomie qui seront nature, ceux-là!

— Entrons vite, mon petit, j'ai peur que ma mère ne commette une indiscrétion qui me coupe mon effet...

Et Pierre ouvrit la porte du salon...

Cependant, l'auto de M. Goffé venait de stopper devant la maison.

— Venez nous reprendre vers onze heures, fit le banquier à son watman.

Précédé des deux jeunes filles, il monta les cinq étages avec un halètement de locomotive...

A peine Suzanne eut-elle sonné que Pierre était devant elle.

— Enfin! s'écria-t-il, je trépidais...

De son geste arrondi, automatique, il prit la jolie main toujours un peu rébarbative, qu'il haussa jusqu'à ses lèvres.

Puis, comme un régisseur qui règle l'entrée des artistes, il attendit impatiemment que ses invités eussent quitté chapeaux et manteaux.

— Nous ne sommes pas les premiers? s'informa Suzanne, tandis que M. Goffé pestait contre les maisons sans ascenseur.

— Non, chère, vous avez été devancés par deux de mes bons amis qui seront ravis de vous être présentés...

En même temps, il ouvrait la porte du salon. Suzanne entra la première.

Pierre lança d'une voix claironnante :

— Mlle Suzanne Goffé, la future Mme de Fargue.

Puis, les doigts en éventail vers ses deux amis :

— Mes bons camarades, David Maillac et Francis Vaubrey.

David reçut le choc avec courage. Comme tous les timides, il redoutait le ridicule.

Rien sur son visage ne trahit le déchirement intérieur.

Il prit la main qui se tendait, empressée, vers lui. La sienne tremblait et se glaçait.

C'est à peine s'il entendit Suzanne pâlissante lui dire d'une voix émue :

— Quelle surprise! Je suis heureuse de vous revoir, monsieur David.

Un bourdonnement l'empêcha de percevoir la question fastidieuse du fiancé :

— Vous vous connaissiez donc tous les deux?

Mais il sentit immédiatement sur lui deux regards férocement amusés, ceux de Pierre et de Vaubrey. Il soupçonna la farce cruelle. Une révolte le secoua. Et comme Mme de Fargue embrassait Suzanne, il se dirigea vers la porte...

Pierre, devinant la décision, s'était jeté derrière lui :

— Mais où vas-tu, David, où vas-tu?

Sans un mot, le compositeur décrocha son chapeau et son pardessus.

— Qu'as-tu donc? reprit félinement Pierre. Ce n'est pas sérieux... Quelle mouche t'a piqué?

Et comme il arrêtait le bras de David :

— Assez d'hypocrisie! marmotta l'ancien camarade de collège.

Repoussant Pierre d'une bourrade, il ouvrit la porte et s'élança dans l'escalier. Il n'était que temps. Le malheureux étouffait...

Le fiancé de Suzanne revint au salon en marmottant :

— Dieu soit loué! celui-là, nous en sommes débarrassés pour toujours... Mon ingénieux moyen valait mieux que la violence, système Goffé...

Ce petit drame rapide n'avait pas été remarqué du banquier.

Accaparant Mme de Fargue, il l'avait attirée dans un coin pour la féliciter tout à son aise de la fraîcheur de son teint et du chic de sa toilette.

— Je suis ébloui, répétait-il, l'œil émerillonné. Que de jeunesse, ce soir, dans ce regard de reine!

Il comprimait dans ses phalanges boudinées la main où brillait le solitaire :

— Vous êtes adorable et je voudrais être poète pour exprimer mon admiration en termes dignes de votre splendeur.

La jolie femme, entendant les coups de timbre se succéder dans l'entrée, en profita pour laisser le père de Suzanne patauger au milieu de sa tirade :

— Excusez-moi, voici des amis.

Il marmotta en la voyant s'éloigner :

— Pouvoir dire d'elle : ma femme, il n'est pas de sacrifice que je ne ferais, d'obstacle que je ne briserais.

Il avait des rages de bête enchaînée. Ce Vaubrey, qui ne cessait de contempler Mme de Fargue, le rendait ombrageux...

Il se montra froid et distant avec les nouveaux venus, ne croyant voir que des rivaux, furieux que Mme de Fargue tardât à revenir près de lui, comme si elle prenait un malicieux plaisir à le fuir. Abandonné de tous, il chercha David :

— Où est-il passé ce musicien de malheur que Fargue a eu l'imprudence d'inviter?

Appelant Pierre d'un signe :

— Qu'avez-vous fait de Maillac?

— Je l'ai exécuté... Vous n'avez rien entendu?

— Non, j'étais en grande conversation avec votre mère.

Pierre narra la scène de la présentation, pouffa

en parlant de la consternation de David, de son départ précipité.

— Si vous l'aviez vu!... Il écumait...

— Alors, maintenant, vous voilà tranquille. Et que pense votre dulcinée de cette affaire?

— Elle semble avoir pris la chose avec indifférence... Il n'a pas été malin, ce Maillac; il se fût montré bien plus fort en restant et en débitant ses pleurnicheries sentimentales... Sa dérobade va le couler, je crois, dans l'estime de Suzanne...

La réunion fut assez animée. Ginette consentit plusieurs fois à jouer du Chopin et du Beethoven. Suzanne, invitée à prendre la place de sa cousine, résista malgré les supplications de Pierre. Celui-ci nasilla plusieurs monologues qui furent chaudement ovationnés.

A minuit et demi, enfin, Mme de Fargue et son fils se trouvèrent seuls dans le salon, las, souriants et satisfaits.

— Eh bien! mère, très réussie, notre soirée!

— Je suis ravie.

— Nous en donnerons plusieurs avant mon mariage.

— Volontiers... Mais il y a quelque chose qui m'intrigue... Je t'ai demandé des explications au sujet du départ de ton ami Maillac, cet homme météore si vite disparu. J'avais à ce moment la pensée ailleurs, et je n'ai pas très bien saisi...

Alors Pierre, en quelques mots, révéla à sa mère l'idylle qui aurait pu faire échouer son mariage.

— Mais alors, puisque tu savais que ce garçon aimait Suzanne, pourquoi l'as-tu invité?

— Pour m'amuser de la tête qu'il ferait lorsque je lui annoncerais la grande nouvelle.

A ces mots, Mme de Fargue montra un visage attristé :

— Oh! Pierre, voici une cruauté dont je ne te croyais pas capable... C'est mal.

— Bah! il fallait en finir avec cet être langoureux qui écrivait des épîtres enflammées à ma fiancée...

Il l'enlaça gentiment comme pour atténuer l'acidité du reproche qu'il allait lui faire :

— N'y a-t-il pas un peu de cruauté également lorsque tu donnes à M. Goffé un gros espoir dans un mariage que tu sais irréalisable?

— Le cas n'est plus le même, mon cher enfant; si je n'avais pas leurré cet homme, imposé ce mariage par une promesse illusoire, jamais M. Goffé n'aurait songé à toi pour Suzanne. Tu continuais à végéter dans cette banque dont tu revins parfois si découragé... Oui j'ai rusé et menti, mais il y a des excuses pour les fautes des mères qui ne songent qu'au bonheur et à l'avenir de leurs enfants. Mon acte n'excuse pas le tien. Toi tu as rusé pour jouir du supplice d'un être doux, sentimental et charmant, qui ne méritait pas d'être ainsi bafoué.

— Mère, mère, fit-il suppliant, que de grands mots pour une gaminerie!

— Une gaminerie détestable qui pourrait te faire mal juger par Suzanne.

— Tu exagères... D'ailleurs M. Goffé était prévenu. Nous étions complices... J'étais jaloux de l'ascendant que ce garçon avait pris sur Suzanne...

XVII

DANS l'auto qui les ramenait avenue du Bois, M. Goffé chantonnait, Ginette était pensive; Suzanne absorbée, affligée, meurtrie, avait plus que jamais le spleen. Ainsi les deux rivaux se connaissaient. Mais alors pourquoi ce départ précipité de David? Pierre l'avait donc laissé dans l'ignorance de ce mariage?

Suzanne voulait une explication franche. Elle ne se contentait pas des raisons ambiguës données par Pierre sur un ton persifleur. Troublée par la comédie énigmatique qui s'était jouée ce soir, elle avait hâte d'être rentrée pour en parler avec Ginette.

L'attente ne fut pas longue, l'auto filait bon train.

Moins de vingt minutes après, les deux jeunes filles pouvaient s'entretenir tout à leur aise de cette soirée dont Suzanne rapportait un regret de plus. Elle se sentait torturée en pensant au regard de souffrance résignée du pauvre David.

— Je ne comprends rien à ce qui s'est passé, Ginette, et toi?

— Moi, je ne comprends qu'une chose : c'est que le hasard s'est chargé de faire à ta place la révélation nécessaire.

— Alors, c'est fini... Il sait et il souffre.

— Cela vaut mieux, ma petite Suzon... Oui, cela vaut mieux pour lui et pour toi...

Elle prononça ces mots négligemment. Suzanne en fut choquée. Et comme son regard demandait des précisions :

— Oui, pour lui, reprit Ginette, car M. David comprenant qu'il n'y a plus d'espoir...

— Je sais ce que tu vas dire... il cherchera un autre parti.

— C'est tout naturel : il ne s'est pas voué au célibat parce que tu te maries.

— Et il a raison, soupira Suzanne.

Tout de suite, elle soupçonna Ginette de desseins ténébreux.

— Au fait, j'y pense : peut-être M. David ferait-il un bon mari pour toi?

En même temps, elle regardait Ginette d'une étrange façon. Elle espérait que la spontanéité de cette question embarrasserait sa cousine.

— Oh! Suzanne, répondit Ginette en riant, j'espère que tu n'en penses pas un mot?

— Pourquoi pas?

— Non, tu as de singulières idées.

— Tu ne le trouves pas à ton goût?

— Je le trouve très bien, au contraire.

— Alors?

— Admets que je me sois mis cette idée en tête, ma Suzon, et que je réussisse à me faire épouser par M. David, que penserais-tu de lui, que penserais-tu de moi?...

Suzanne hésita à répondre.

— Eh bien j'attends? fit Ginette en l'amenant contre elle d'un mouvement affectueux.

— Je ne sais pas, je ne sais pas, dit Suzanne d'un ton chagrin.

— Moi je le sais ce que tu dirais... Ce garçon t'apparaîtrait indigne d'avoir été aimé par toi, et moi plus indigne encore de ta tendresse. Va, tu peux être tranquille, ma chérie... Ce n'est pas parce que tu ne le reverras plus que ta cousine Ginette intriguera pour le revoir... Je ne suis pas de celles qui joueraient un aussi vilain rôle...

Transformée par cette réponse, Suzanne se jeta au cou de Ginette :

— Je te demande pardon, chère amie, de t'avoir blessée peut-être par une question insidieuse.

— Mais je ne t'en veux nullement... Je constate simplement une chose : c'est que ton amour pour M. David est plus tenace que je ne l'aurais cru.

— Oui, oui, fit-elle morne, c'est la vérité, et je crois que je vais faire un mariage triste, si triste... Il me tarde de voir maman; il n'y a qu'elle qui puisse me consoler. Et puis je suis si inquiète de son silence!... Nous irons la voir demain, veux-tu. Nous avons un train à une heure quarante-cinq. Il nous permettra d'être ici pour le dîner.

Ginette n'osait détourner Suzanne de son projet. Elle pensait :

— En lui disant ce que je sais, je vais encore l'intriguer... Oh! ces cachotteries, ces cachotteries!..

⁂

Le lendemain, le train les déposait vers trois heures à l'Etang-la-Ville.

L'émotion éprouvée par Suzanne lui faisait presser le pas.

— Plus j'approche, dit-elle, plus je me tourmente. Pourvu qu'elle ne soit pas malade...

Soudain à travers les squelettes d'arbres, le *Doux Exil* lui apparut abandonné. La maison aux persiennes fermées semblait une personne endormie. Le cœur manqua à Suzanne.

— Que se passe-t-il? Ginette j'ai peur...

Elle se mit à courir.

Devant la porte, la grille, protégée par une grosse chaîne qu'avaient rouillée les dernières pluies, Suzanne resta consternée :

— Mère n'est plus chez elle... Que signifie ce mystère?.. Regarde, Ginette... La maison morte... Mais c'est angoissant... Vite, vite chez M. Brénault... Il nous renseignera... S'il n'est pas chez lui sous trouverons Constance...

Le chemin qui séparait le *Doux Exil* de *la Roseraie* fut vite parcouru.

Anxieuse, trépidante, Suzanne sonna. M. Brénault parut à la fenêtre. Il s'empressa d'accourir.

— Mes chères enfants... j'étais loin de me douter... Entrez, entrez...

Avant même d'embrasser l'ingénieur, Suzanne demanda, la gorge sèche :

— Et mère?

Il suffoqua.

— Ta mère?.. Tu ignores?... Comment, elle ne t'a pas encore écrit, ta mère?

— Que voulez-vous dire, monsieur Brénault?

— Elle est chez l'oncle Jouan, ta mère...

— Mère en Amérique!.. Mère partie sans me prévenir!...

Elle était devenue blême. Ses yeux se voilaient.

M. Brénault craignit une défaillance. Il saisit Suzanne sous le bras, l'entraîna doucement vers la maison :

— Pauvre petite, je comprends ton inquiétude.

La jeune fille se laissa tomber sur un siège du salon. Lorsqu'elle fut remise de sa stupeur, elle prit nerveusement la main de Ginette et, avec une volubilité rageuse :

— Tu vois, tu vois, quand je te disais, ma petite, qu'il se passait des choses bizarres... Mais enfin, mère n'est pas partie pour longtemps... Il faut qu'elle revienne bientôt... Cette absence soudaine cache un mystère... Vous devez savoir toute la vérité, monsieur Brénault... Je vous en conjure, renseignez-moi... Je souffre, je souffre... Déjà ce mariage m'obsède, j'ai perdu tout sommeil, toute gaîté, il y a du noir dans ma tête, j'ai besoin de clarté...

Quelle belle occasion s'offrait à M. Brénault de tout dire, de mettre Suzanne au courant des projets matrimoniaux de son père, mais sa conscience s'y opposait. Il aurait eu l'air d'assouvir une vengeance.

Mais quoique fût lourde la rancune accumulée de longue date contre l'homme qui avait rendu si malheureuse celle qu'il aimait toujours, il voulait rester neutre. Il se contenta de répondre :

— Ma petite Suzanne, tu souffres à l'idée de ce mariage que tu as accepté trop à la légère, ta nervosité s'exaspère, tu ne vois autour de toi que conspirations contre tes affections et ton bonheur... Mme Goffé avait promis depuis longtemps aux Jouan, bien âgés aujourd'hui d'aller près d'eux quelques semaines. Elle a craint de t'affliger en t'annonçant verbalement sa résolution de partir...

Suzanne l'interrompit :

— Oui, je vois, monsieur Brénault, vous ne voulez rien dire de précis... Vous trouvez peut-être naturel qu'une mère s'absente pour quelques semaines — comme vous dites — alors que sa fille a tant besoin d'elle... Je la vois, la vérité, ce mariage afflige ma pauvre maman, elle ne veut pas être là, près de mon père, près de madame de Fargue, le jour de la bénédiction nuptiale. Elle a préféré disparaître...

— Oh! Suzanne, se récria M. Brénault... Crois-tu un seul instant que ta mère puisse se résigner à être absente un jour comme celui-là?... Mais c'est impossible...

— Enfin, que vous a-t-elle dit en partant?

— Elle m'a dit : A bientôt.

— Tant mieux, car papa aura beau dire et beau faire, je ne me marierai jamais sans que ma chère maman soit près de moi... Je vais voir madame de Fargue et je désire qu'elle exprime la même volonté. Sans ma mère, je ne veux plus entendre parler de mariage... Ah! j'ai manqué de volonté, eh bien, j'en aurai maintenant, de la volonté, vous pouvez me croire...

Lorsque M. Brénault revint de la gare où il avait reconduit les deux jeunes filles, il murmurait avec satisfaction :

— Enfin, elle voit clair, elle croit comprendre, j'en suis ravi... Pauvre petite, pourvu qu'elle ne se laisse pas rouler encore par cette intrigante...

XVIII

Le lendemain, après le déjeuner, Suzanne laissa Ginette absorbée dans un minutieux travail de broderie et gagna seule la rue de Moscou...

En voyant sa future belle-fille, Mme de Fargue manifesta une joie reconnaissante.

— Quelle surprise!... Enfin, je vais avoir le plaisir de causer longuement avec vous...

Elle l'embrassa avec une très sincère effusion, la fit entrer dans le salon, ajoutant :

— Vous avez bien fait de venir seule, nous serons plus libres pour bavarder.

Elle l'avait fait asseoir près d'elle, et en lui prenant la main :

— Eh bien, vous ne vous êtes pas trop ennuyée l'autre soir? Je vous ai trouvée si triste, si préoccupée... Voyons, si quelque chose vous tourmente, ne craignez pas de tout me dire... Je veux être une seconde mère pour vous. Je serais si heureuse d'avoir vore affection et votre confiance.

Le regard limpide, éclairé d'un sourire aimant rassurait Suzanne.

Elle dit :

— Oui, madame, j'ai du chagrin...

— Vraiment? Confiez-moi vos peines.

— M. Pierre vous a peut-être informée que ma mère avait quitté la France? J'ai appris la nouvelle hier soir.

— En effet, mais n'est-elle pas allée là-bas pour revoir une dernière fois de vieux parents?.. Elle rentrera bientôt, cet éloignement ne doit pas vous alarmer.

— Elle ne parle pas de son retour; c'est étrange.

— Pouvez-vous supposer un seul instant qu'elle abandonne sa chère Suzanne en une circonstance où sa présence sera si nécessaire.

— J'en ai peur, madame.

— Et pourquoi, grands dieux? s'écria la jolie femme avec surprise.

— Cette séparation sans doute... Ah! madame, j'avais formé le projet de les unir de nouveau, de faire cesser cette longue brouille... Comme je serais heureuse si vous pouviez m'y aider...

Elle observait attentivement les traits de son

interlocutrice qui ne trahissaient aucun dépit. Au contraire, la placidité du beau visage s'était muée en un sourire presque reconnaissant.

— Si je peux vous y aider, chère petite, mais bien volontiers... Venez, nous allons écrire à votre mère, ou plutôt je vais lui écrire une lettre en collaboration avec vous. Vous permettez?...

Elle l'invita à passer dans sa chambre, la fit asseoir près d'elle, devant un secrétaire Louis XV et annonça :

— Je suis prête, dictez-moi...

— Oh! madame, je n'oserais pas, répondit Suzanne, confuse...

— C'est bien, je vais l'écrire seule, je vous la lirai, vous me direz ce que je dois ajouter ou retrancher.

Tout en regardant les doigts effilés de Mme de Fargue tracer d'une écriture violette les longs caractères anguleux, Suzanne se disait :

— Que peut penser cette femme de tout ce qu'elle écrit? Enigme!...

Mme de Fargue posa près d'elle le porte-plume d'ébène cerclé d'or.

— Voici ce que je dis à votre maman, ne craignez pas de m'interrompre... « Madame, je viens de recevoir la visite de votre chère Suzanne tout éplorée de votre départ, et bien chagrine à l'idée que vous pourriez l'abandonner dans une circonstance où nous souhaitons toutes deux d'être affectueusement réunies avec vous. Nous vous supplions de ne pas nous laisser dans le doute. Suzanne comptait sur un rapprochement entre les époux trop longtemps séparés. Quelle grande joie pour elle et pour nous tous si ses désirs pouvaient se réaliser!...

Elle s'interrompit.

— Oh! très bien, très bien! s'exclama Suzanne, vous ne pouviez mieux interpréter ma pensée!... Je vous prierais d'ajouter que vous allez préparer le terrain, et encourager de toute la force de votre persuasion, mon père à oublier ses griefs...

Sans faire d'objection, Mme de Fargue tourna une phrase heureuse dont la forme plut infiniment à Suzanne.

— Alors, vous êtes contente? demanda-t-elle en glissant la lettre dans une enveloppe.

— Oh! très contente répondit la jeune fille.

Et elle dicta l'adresse de sa mère.

Mme de Fargue lui remit la lettre.

Ce geste ravit Suzanne. Rassurée, elle embrassa la jolie femme. Mais, comme elle se disposait à prendre congé, un coup de timbre retentit dans l'entrée.

— Vous m'excusez, ma petite Suzanne?

Mme de Fargue laissa la porte de sa chambre entre-bâillée...

Il était trois heures. Elle ne pouvait supposer que M. Goffé viendrait si tôt. Elle eut une émotion en le voyant apparaître devant elle, épanoui, rayonnant.

Il claironna, en lui prenant la main avec un brusque enthousiasme :

— Enfin! elle consent au divorce... Vous serez ma femme...

Mais il la vit blêmir, esquisser un signe de détresse qu'il ne comprit pas.

Elle chuchota :

— Suzanne est ici, elle a dû entendre...

La sérénité radieuse du visiteur n'en fut nullement altérée. En suivant Mme de Fargue dans le salon, il murmura :

— Bah! si elle a entendu, tant pis, je la calmerai. Est-ce que je ne fais pas tout ce que je veux de ma fille. Allons, chère amie, remettez-vous. Un petit incident sans importance. Et puis, êtes-vous bien sûre qu'elle ait entendu?

Il avait sorti la dépêche adressée de New-York

Tiens! le sosie de Mlle Goffé. (p. 31).

et la lisait à demi-voix : « J'ai bien réfléchi. J'accepte toutes vos conditions. Mieux vaut en finir. Voyez avoué. Lettre suit. Jeanne. »

Chaque mot la torturait. A présent, les importunités de cet homme qui triomphait allaient devenir insupportables; Comment pourrait-elle se défendre?

Il ajouta :

— J'étais si heureux de cette dépêche que j'ai immédiatement câblé à mon correspondant de New-York pour que ma femme soit mise en possession d'une grosse somme. A sa bonne volonté, je réponds par une largesse. Puis j'ai griffonné une dépêche : « Revenez bientôt. Vous manquez à Suzanne, elle vous réclame. »

Mme de Fargue soupira :

— Mon Dieu! si Suzanne allait se rebeller...

Dans la chambre où lui étaient parvenues les

paroles affligeantes de son père, Suzanne était comme assommée :

— Le divorce, le divorce! gémissait-elle, effrayée par ce mot, et cette femme va devenir l'épouse de mon père!... Oh! quelle comédie elle a joué, quelle odieuse comédie!...

Elle chiffonnait déjà la lettre hypocrite, devenue inutile...

Un coup d'œil dans la glace lui refléta un visage pâle et défait. Elle n'eut pas le courage d'attendre pour comparaître devant les deux complices. Elle courut jusqu'à la porte d'entrée et disparut en la laissant ouverte...

Dans l'escalier, ses jambes étaient si faibles qu'elle craignait de fléchir...

Elle sauta dans la première auto qui passait et se fit ramener avenue du Bois.

Effondrée sur la banquette, elle sanglota :

— Quelle duperie!... Dire qu'il me faudra continuer à vivre dans cette ambiance de mensonge!

Elle en voulait moins à son père qu'à cette femme dont il était le jouet.

Et voilà que succédait à ce cauchemar vécu la douce vision de cette fin de villégiature embaumée d'amour. Le charmant visage de David émergeait du chaos de ses pensées. Il devenait la chère image consolante, inébranlablement fidèle à ses souvenirs. Elle répétait : « Lui m'aimait réellement, je l'ai aimé, et je l'aime encore, et je deviendrai la femme enchaînée qui l'aimera toujours, qui n'oubliera jamais... » L'auto stoppait. Elle murmura : « Enfin... » Elle avait hâte de confier son supplice à Ginette. Elle croyait trouver encore sa cousine occupée à sa broderie...

Ginette n'était pas dans sa chambre. Une enveloppe froissée tombée près d'une corbeille attira l'attention de Suzanne. Elle la ramassa et reconnut tout de suite l'écriture de David...

Ainsi, David avait écrit à Ginette...

Il s'agissait sans doute d'un rendez-vous auquel sa cousine s'était empressée de courir.

Suzanne descendit à la hâte, se renseigna près de la vieille Emilie :

— Où est allée Ginette?

— Oh! elle a fait le silence complet sur son absence, répondit Emilie d'un air mystérieux.

Intriguée, perplexe, la jeune fille remonta à pas lents. La jalousie l'obsédait.

— Il y a du louche... Alors elle aussi se jouerait de ma confiance... Et cette belle franchise dont elle se targuait!... David lui-même serait-il capable?... Non, non, ce n'est pas possible... Il y a des moments où je suis lasse de la vie, mais lasse...

Elle joignit les mains :

— Mère, mère, ne m'abandonne pas... Reviens, reviens, que je quitte cette maison où l'on vit dans une atmosphère irrespirable... Si dans huit jours tu n'es pas revenue, chère maman, je partirai, j'irai te retrouver là-bas... Moi non plus je ne dirai pas où je vais... Je mentirai, puisque tout le monde ment ici!...

XIX

La lettre reçue par Ginette contenait ces quelques mots : « Mademoiselle, votre ami M. Brénault, viendra chez moi, aujourd'hui, vers trois heures. Il m'a chargé de vous faire savoir qu'il serait très heureux de causer un moment avec vous. Votre dévoué, David. »

Ginette était seule. Elle pouvait cacher cette visite à Suzanne, éviter de raviver ses regrets.

Elle quitta donc précipitamment l'avenue du Bois, et arriva rue Notre-Dame-de-Lorette à la demie de trois heures.

Ce fut David qui la reçut. Son visage était empreint d'une grande tristesse.

— Merci, fit-il en lui tendant la main, j'avais si peur que vous ne puissiez venir...

Il l'introduisit dans la salle à manger où M. Brénault bavardait avec Olivier qu'il ne connaissait que de la veille.

Mme Maillac, très souffrante, gardait le lit depuis plusieurs jours.

L'ingénieur et le peintre se levèrent. Ginette embrassa M. Brénault et salua Olivier que David lui présentait.

— Voyons, ma petite Ginette, assieds-toi là, près de moi, fit paternellement M. Brénault... Et d'abord une question : Suzanne sait-elle que tu es venue?

— Non, monsieur Brénault, elle ignore même que j'ai reçu une lettre de M. David.

— Très bien, alors il est inutile que tu lui parles de notre rencontre... Il s'est passé avant-hier soir, chez Mme de Fargue, un petit événement qui a complètement désespéré ce pauvre M. David. Y avait-il entente entre Suzanne et son fiancé au sujet de l'invitation et de la présentation?

— Pas du tout, monsieur Brénault, Suzanne ne s'attendait nullement à rencontrer M. David chez Mme de Fargue, elle en a été toute stupéfaite...

M. Brénault se tourna vers le compositeur :

— Voyez, mon cher ami, vous étiez loin de la vérité... Suzanne était incapable de s'associer à cette petite bassesse... Pierre de Fargue ne devait pas ignorer que son ancien condisciple était très épris de Suzanne. Cet acte mesquin, inspiré par la jalousie, m'a tout de suite édifié sur la mentalité du monsieur...

Olivier, crispé, prit à son tour la parole :

— Il n'y aurait donc pas un moyen de faire échouer ce mariage?

— Faire échouer ce mariage? repartit Ginette en soupirant, j'en serais ravie, car la pauvre Suzanne ne peut décidément s'habituer à cette idée. Vous ne sauriez croire combien elle souffre.

Elle se tourna vers le compositur :

— Oui, monsieur David, moi qui vis avec elle, qui reçois toutes ses confidences, moi qu'elle associe à tous ses secrets, à toutes ses peines de cœur, je puis vous donner l'assurance qu'elle est profondément chagrine d'avoir cédé aux instances de son père.

— Il est toujours temps de résister, objecta Olivier, vous devriez lui prêcher la résistance.

— Son père est plus fort que nous tous et lui-même est conseillé par une femme, la propre mère de M. de Fargue, qui a pris sur lui un ascendant irrésistible.

Olivier reprit :

— Et si j'allais le voir, M. Goffé, si je lui disais ce que je sais au sujet du futur mari de sa fille?

— Tout ce que vous pourriez lui dire, hélas, ne le convaincrait pas. Sa passion pour madame de Fargue l'aveugle. Mon impression, la voulez-vous? Ce mariage ressemble à un marché. Mon oncle n'hésite pas à sacrifier l'avenir et le bonheur de Suzanne pour obtenir, en échange, la femme qu'il idolâtre, et qui s'appellera un jour madame Goffé. Il faut le voir se chamailler avec la pauvre Suzanne. Oh! ce n'est pas par la force qu'il arrive à la faire plier, c'est par le sentiment. Cet homme devient doucereux, larmoyant, pathétique. Et Suzanne, trop sensible, de se laisser berner aveuglément. Avec quelle maestria M. Goffé joue de cette sensibilité!

Olivier s'écria :

— Je suivrai mon idée, j'irai le voir pour le mettre en garde contre le futur époux de sa fille, chassé honteusement d'un cercle pour délit de tricherie?

David détourna son ami d'une telle démarche.

— Olivier, je t'en prie, renonce à ton projet...

— ... qui ne donnerait, j'en suis sûre, aucun résultat, assura Ginette. Je sais d'avance la réponse de M. Goffé... Pour lui, tricher est une peccadille... Il haussera les épaules... Non, non, un coup de tête de Suzanne, voilà la seule solution...

Mme Maillac venait d'appeler son fils. Olivier prit la main de Ginette :

— Mademoiselle, dépeignez à votre cousine le découragement du pauvre David, luttez avec nous. Obtenez de Mlle Suzanne qu'elle fasse l'impossible pour se libérer.

Le regard suppliant d'Olivier exerçait une impression profonde sur Ginette. Après être restée un moment hésitante, elle répondit, touchée par la sincère amitié que le peintre portait à son ami :

— J'essaierai... Je la vois si malheureuse, elle aussi...

David revint à ce moment :

— Mademoiselle Ginette, dit-il, ma mère sait que vous êtes ici, elle voudrait causer un moment avec vous... Surtout pas un mot du mariage. Elle ne sait rien.

Ginette s'empressa d'accompagner David près de la malade. Le jeune homme se retira.

Alors Mme Maillac retint la main que lui tendait Ginette. D'une voix faible :

— Asseyez-vous près de moi, mademoiselle... Mon pauvre David ignore à quel point ma maladie s'est aggravée; nous nous dissimulons nos souffrances, mais moi je sais lire dans sa pensée et dans son cœur. Pour mon pauvre petit, le ciel m'a accordé une double vue. Mes jours sont comptés...

Et comme Ginette protestait :

— Chut, pas si fort! chuchota Mme Maillac, s'il entendait... oui, comptés, mais je lui cache la vérité... Il croit à une forte crise... La dernière hélas!... La vie s'en va vite, trop vite... Pauvre enfant, j'ai peur que son double chagrin ne l'abatte... Oh! j'aurais été moins inquiète pour lui s'il n'avait pas tant aimé votre cousine... Il ne me dit rien... Mais, n'est-ce pas, ce mariage est impossible?... Le père ne veut rien entendre? Je m'y attendais... Les filles de millionnaires ne sont pas faites pour de pauvres petits artistes comme David. Oh! combien j'ai déploré cette rencontre... Alors, mademoiselle, il n'y a pas d'espoir pour David, pas le moindre petit espoir?...

Que répondre à cette mère avide d'une consolation, si fragile fût-elle?

— Suzanne aime votre fils, répondit Ginette, beaucoup, infiniment... Elle luttera, elle luttera, ce sera pénible, mais elle finira par triompher, vous pouvez me croire.

— Vrai? murmura la malade dont les yeux s'animaient, dont les mains se crispaient sur celles de Ginette, oh! comme cette assurance me soulage... La mort me paraîtra plus douce... Alors c'est bien vrai... Elle aime mon fils?...

— Tous les jours elle me parle de M. David.

— Et elle est tenace, dites-vous?

— Elle fera prévaloir sa volonté...

— Oh! vivre, vivre encore jusqu'au jour où mon David me dira : « Je suis agréé », je n'en demande pas davantage... Mais ce n'est pas possible, je me résigne. La voix faible se mouillait.

— Confiance, confiance! exhorta Ginette pressée d'abréger l'entretien tant elle craignait de fondre en larmes.

— Je compte beaucoup sur vous, mademoiselle, beaucoup. Si vous pouviez faire comprendre à M. Goffé combien mademoiselle Suzanne serait heureuse avec David. Il est si bon, si affectueux, si travailleur... Oh! si je le voyais M. Goffé, je le supplierais de céder, il ne refuserait peut-être pas à une mourante...

— Chut, ne dites pas cela... Vous réagirez...

— Venez me voir encore... mais dépêchez-vous...

— Oui, oui... je vous le promets... A bientôt!

Ginette sortit, défaillante. Son mensonge l'étouffait. La vue de larmes dans des yeux à demi éteints l'avaient révolutionnée.

David demanda, anxieux :

— Elle ne sait rien, n'est-ce pas?

— Rien... elle a deviné votre souffrance.

— Je m'en doute, pauvre mère... Et pourtant, depuis la soirée de Mme de Fargue, je la dissimule avec soin cette souffrance. Voyez, il n'y a qu'une mère pour savoir approfondir les pensées de son enfant.

— Je vous quitte, monsieur David... Suzanne ne sait pas que vous m'avez fait demander, je ne lui dirai rien... Mais je vous promets de lui prêcher la résistance. J'agirai adroitement, car si son père se doutait du rôle que je me propose de tenir, il ne m'épargnerait pas, il serait terrible...

Elle embrassa M. Brénault, tendit la main à Olivier et se dirigea vers la porte, reconduite par David qui lui exprimait sa gratitude en termes affectueux...

Lorsque le compositeur revint près de ses amis il se sentait le cœur raffermi :

— Elle peut avoir une grosse influence sur Suzanne, mais au point où les choses en sont, je n'ose espérer.

— Enfin, répondit Olivier, tu as déjà la certitude que cette jeune fille pense à toi et qu'elle regrette d'avoir cédé à la pression de son père... Nous avons encore du temps devant nous... Sa cousine me paraît très franche, elle agira, j'en suis sûr... Dis-moi, David, je la trouve charmante cette Ginette...

En même temps, il se tournait vers M. Brénault :

— Vous connaissez sa situation, cher monsieur?

— Une brave enfant, un grand cœur. Fille d'une sœur de madame Goffé, morte il y a quelques années, elle est restée orpheline. Elle fut recueillie par les Goffé, et traitée comme la propre sœur de Suzanne. D'ailleurs, les deux jeunes filles ne se quittent jamais... Je m'empresse d'ajouter que Ginette n'a aucune fortune. Ses parents étaient pauvres, et je me demande même ce qu'elle deviendra quand sa cousine se mariera, car, en admettant que M. Goffé accule sa femme au divorce, et qu'il se remarie, Ginette, certes, ne resterait pas dans sa maison...

— Peut-être vivrait-elle avec madame Goffé, à l'Etang-la-Ville? opina David.

— Ce serait pour elle la meilleure solution

— Mais pourquoi ne se marierait-elle pas? s'informa Olivier.

— Hé, monsieur, répondit l'ingénieur, vous en parlez à votre aise. Elle ne se marie pas parce qu'on ne l'a pas encore demandée... Les relations de monsieur Goffé sont restreintes, mais peut-être verrait-on accourir les soupirants si la pauvre Ginette n'était pas une orpheline sans le sou, recueillie par charité... Notez que la chère petite meurt d'envie de se marier. Elle me l'a avoué au cours d'une promenade que nous avons faite, cet été, à la campagne.

— Pensez-vous qu'elle consentirait à épouser un artiste?

— Vous avez quelqu'un à lui proposer?

— Moi, Monsieur Brénault.

— Diable!... L'étincelle!

— Oui, je viens d'être séduit. Mlle Ginette et moi nous parlons le même langage, nous devons avoir la même façon de penser... Je suis sûr que nous nous comprendrions... Si je ne lui déplaisais pas...

M. Brénault se mit à rire :

— Il ne m'a pas semblé que vous lui déplaisiez, au contraire. Je l'ai observée, quand vous causiez avec elle, et j'ai cru voir qu'elle paraissait un peu troublée, c'est un bon indice, cher monsieur. Vous n'avez plus ni l'un ni l'autre de parents à consulter... Si vous voulez que je sache ce qu'elle pense du grand ami de M. David, je me tiens à votre disposition.

— On ne peut être plus aimable. Je suis très touché de votre obligeance.

— Eh bien, avant peu, vous serez renseigné...

XX

Un matin de cette même semaine, Ginette quitta l'avenue du Bois vers neuf heures. Elle avait rendez-vous à la station du métro de Pigalle avec M. Brénault. Tous deux devaient se rendre chez Olivier qui habitait un coin pittoresque du vieux Montmartre.

Quand elle arriva toute pimpante, plus séduisante que jamais, elle fut frappée de l'expression chagrine de l'ingénieur :

— Une triste nouvelle, chère petite, madame Maillac s'est éteinte hier soir...

— Pauvre femme! s'exclama Ginette, consternée.

— David m'avait envoyé une dépêche pour me prévenir que sa mère était au plus bas... J'ai pris tout de suite le train... Oh! elle a eu une mort bien douce. Elle consolait le pauvre David effondré... Elle lui a longuement parlé de toi, lui assurant que son mariage avec Suzanne se ferait, que tu avais promis d'user de toute ton influence, ajoutant qu'elle avait une grande confiance dans ta promesse.

— Comme je regrette de n'avoir pas été présente pour adoucir encore ses derniers moments. Si M. David m'avait prévenue, je serais accourue tout de suite.

— Il n'a pas osé... Pauvre garçon... Il ne méritait pas toutes ces épreuves... Et dire que, le lendemain de l'enterrement, il doit prendre part à un concert auquel il ne peut manquer... Le deuil dans le cœur, il lui faudra paraître devant le public, faire vibrer le piano pendant deux heures...

— Vous auriez dû m'écrire; nous aurions reporté à un autre jour la visite chez monsieur Olivier.

— M. Sarmande y avait songé, mais David a voulu que rien ne soit changé à nos dispositions...

— Brave garçon!

— Dévouement, sensibilité, délicatesse... Une nature d'élite, ce David... Et Suzanne, voyons, parle-moi de Suzanne?

Tous deux traversaient le boulevard de Clichy pour gagner la rue Houdon.

— Eh bien, Suzanne m'en veut... Nous ne nous parlons plus.

— Et pourquoi?

— Je ne sais pas... Elle en veut d'ailleurs à tout le monde. Ce mariage l'a rendue irritable à tel point, que je me demande ce que ce sera dans quelque temps... Elle parle d'un coup de tête... Mais ce sont des propos en l'air... Que voulez-vous qu'elle fasse contre monsieur Goffé?... Rien... Elle est coincée... Pourtant, l'autre soir, j'ai senti, pour la première fois chez elle, un ardent besoin de jouer des coudes... Monsieur Goffé avait invité madame de Fargue à dîner... La présence de l'intruse dans cette maison qui fut celle de madame Goffé, les attentions de mon oncle pour la future remplaçante, mettaient la torture dans ce pauvre cœur trop ballotté. J'ai eu l'impression très nette d'un événement décisif. J'ai vu le regard de Suzanne flamboyer. Allait-elle injurier cette femme?... Non... l'abattement est venu... un regard autoritaire de M Goffé avait suffi pour détendre les nerfs de ma pauvre cousine... Au cours de la nuit, je l'ai entendue sangloter dans sa chambre... Ce fut une très longue crise. Le lendemain, elle se réveillait avec une forte migraine, et résignée sans doute à accepter l'irrémédiable... La dépêche de ma tante lui a fait bien du mal.

— Tu crois, Ginette?... Alors je serais très coupable, car j'ai beaucoup encouragé madame Goffé à donner son acceptation... Après son départ, je lui ai adressé une longue lettre, dans laquelle j'assurais que sa détermination pouvait mettre obstacle au mariage en dessillant les yeux de Suzanne, en faisant le grand jour sur le rôle joué par cette Mme de Fargue.

— Et si Suzanne, excédée, commettait quelque folie, qu'elle attente à ses jours, par exemple?

— Oh! Ginette...

— Il faut tout craindre d'une impulsive. Son découragement me fait peur...

Mais, tout de suite, Ginette regretta ses paroles :

— Monsieur Brénault, j'exagère... Je vous demande pardon... J'avoue que je suis trop pessimiste... J'ai eu de si gros chagrins quand j'étais enfant, de si lourdes déceptions quand je suis devenue jeune fille... Je suis restée impressionnable et sceptique... Tenez, vous m'apprendriez, dans quelques jours, que monsieur Sarmande ne veut plus de moi...

Il se récria :

— Ginette, tu vas trop loin, décidément... Notre ami Olivier, depuis sa demande en mariage est un homme heureux, très heureux... Tu vas voir un appartement ainsi qu'un atelier aménagés et décorés avec un goût parfait... Tu seras séduite à l'idée qu'un jour viendra... plus proche que tu ne penses, où tu règneras dans cet intérieur... Prévoir le mal, c'est le faire venir.

Ils étaient arrivés devant la charmante maison, nouvellement recrépie, qui appartenait au peintre. Un immense atelier avait été construit derrière la maison.

— Vois, vois, Ginette... un petit paradis... Il y a un pommier dans le jardin... car la maison donne sur un jardin fleuri depuis le printemps jusqu'à l'automne... Peut-on rêver quelque chose de plus séduisant, dans Paris même... Et cette terrasse d'où l'on découvre un panorama splendide!...

Ginette croyait rêver :

— C'est ravissant, en effet. Comme on doit se plaire ici!

— Et puis si tu aimes les voyages, tu seras servie en reine... Olivier est un touriste infatigable.

Elle eut un petit frisson en pensant : « Courir par monts et par vaux au bras d'un mari qu'on adore et qui vous adore, est-il plus grande félicité? »

— Tiens, Ginette, penche-toi à la grille, vois-tu une partie de l'atelier avec des rosiers grimpants?

Le visage de Ginette exprimait l'enchantemnt.

Soudain, les battants d'une fenêtre donnant sur la rue s'écartèrent, et la voix agréable, bien timbrée du peintre, se fit entendre :

— Merci, monsieur Brénault, merci de l'éloge vraiment trop flatteur que vous faites de la maison. Elle est loin, la pauvre, de valoir celle de *La Roseraie*... Je descends vous ouvrir...

Ils entendirent ses pas pressés dans l'escalier...

Et le peintre, écartant la porte de la grille, s'écria :

— Il y avait déjà un bon moment que je vous guettais de mon poste d'observation.

Un magnifique loulou d'Alsace, d'une belle blancheur, accourut en aboyant.

Olivier le calma d'une caresse :

— Eh bien, Rip, te tairas-tu lorsque je parle.

Ginette admira l'animal.

— Oh! qu'il est beau... Peut-on le caresser?

— Ne vous y fiez pas, mademoiselle Ginette.

— Bah! J'aime les chiens, et ils doivent voir cela dans mes yeux...

Elle flatta Rip qui, d'abord défiant, se montra aimable, puis finit par lui donner la patte. Et il regardait son maître comme pour quêter son approbation.

— Très bien, Rip, très bien! approuva Olivier... Puis se tournant vers Ginette :

— L'épreuve est concluante... J'attache une certaine superstition à l'amitié des chiens... Ce sont des devins à quatre pattes... Ils devinent les cœurs attachés à leurs maîtres...

Sur ces mots, il fit entrer les visiteurs dans un petit salon japonais très amusant.

— Voici la pièce où je me tiens dans les moments de rêverie, de flânerie, de farniente; voyez, le piano est encore ouvert... Je jouais la dernière mélodie de David, *Aimer, souffrir, mourir*, lorsque sa dépêche m'est parvenue : « Mère au plus bas. » Car M. Brénault vous a appris la triste nouvelle. Pauvre garçon... Un désespoir navrant...

— Je me proposé d'aller rue Notre-Dame-de-Lorette en sortant d'ici, répondit vivement Ginette.

— Si vous le permettez, nous vous accompagnerons, M. Brénault et moi... D'ailleurs, nous ne pouvons le laisser seul. Je lui ai bien promis de revenir, lorsque j'aurais eu le plaisir de vous voir... A propos, Pierre de Fargue voyait Mme Maillac à l'insu de son fils.

— Pas possible!

— Il a réussi à lui faire acheter des valeurs tombées à très bas prix et qui ont monté, monté, à tel point, que l'affaire est devenue intéressante. La pauvre femme a avoué cette opération quelques instants avant de mourir : « Tu ne me gronderas pas, j'avais été bien conseillée par ton ami. » Non, voyez-vous un fils gronder sa mère qu'il dispute avec acharnement à la mort!

Ginette avait les larmes aux yeux :

— Je ne crois pas, dit-elle, que M. de Fargue eût été assez fourbe pour tromper la confiance de madame Maillac.

Olivier s'empressa d'objecter :

— Pourtant, il en était bien capable. Il n'a pas épargné David. Ah! je voudrais pouvoir le tenir dans un coin, je lui dirais ce que je pense... Je regrette vivement que David m'ait déconseillé d'aller voir le père de mademoiselle Suzanne. On est toujours éloquent, lorsqu'on parle au nom d'un ami qu'on affectionne... Je ne sais guère plaider mes propres causes... Voyez, l'autre jour, mademoiselle Ginette, j'étais ému, mais ému au point que j'en ai bien voulu à monsieur Brénault de nous avoir laissés seuls...

— Vous vous en êtes bien tiré tout de même! repartit gaiement l'ingénieur.

— Oui, en bafouillant un peu.

— Je ne m'en suis pas aperçue, modula Ginette.

— Trop indulgente...

Et l'on passa dans l'atelier très vaste où deux artistes décorateurs brossaient une immense toile de fond, destinée à un de nos grands théâtres parisiens.

— Mes enfants, dit M. Brénault, vous pourrez désormais vous passer de moi... L'assurance vous est venue, et vous bavardez déjà comme de vieilles connaissances... Choisissez ensemble le jour qui vous conviendra le mieux pour venir à *La Roseraie*, ce sera la journée officielle des fiançailles. Nous déjeunerons et dînerons ensemble. Vous me renseignerez sur la date choisie pour la célébration du mariage...

Il se tourna vers Ginette :

— Monsieur Goffé est-il au courant?

— Pas encore, monsieur Brénault. Je le préviendrai la veille de ce grand jour...

Les deux jeunes gens eurent des mots attendrissants pour remercier leur vieil ami de son attention exquise, puis Ginette demanda :

— Monsieur David doit-il envoyer une lettre de faire-part à Suzanne?

— Non, répondit M. Brénault, Suzanne serait encouragée à venir, et sa présence accablerait davantage le pauvre garçon...

XXI

La soirée offerte par M. Goffé dans son hôtel de l'avenue du Bois, s'annonçait brillante. De nombreuses autos s'alignaient déjà le long de la grille. Un vélum avait été dressé devant la grande porte. Et les invités passaient entre deux haies de plantes vertes, variées, au feuillage copieux.

Ce déploiement de luxe, rendait Vaubrey rêveur et ombrageux :

— Quelle veine, ce Pierre, quelle veine! Un garçon qu'j'ai connu avec des bottines éculées, qui avait fait le vide autour de lui à force d'emprunter à tout le monde, qui a été chassé honteusement d'un des premiers cercles de Paris, c'est à dégoûter les gens d'être vertueux.

Voilà que ce garçon sarcastique, endurci dans un célibat dédaigneux, sentait naître en lui, ce soir là, de grandes velléités pour le conjungo.

Il contemplait l'hôtel où son ami allait vivre désormais, heureux, choyé, adulé, n'aspirant qu'à s'entourer d'une nombreuse progéniture. Tout de suite, il songea à la jolie brunette dont lui avait parlé Pierre en ces termes : « C'est la cousine de Suzanne, elle meurt d'envie de se marier... »

Et il murmura, prêt à faire la roue :

— Hé, hé, ce ne serait pas si bête... Nous pourrions vivre tous là-dedans, il y a de la place... Un rat de plus ou de moins dans ce magnifique fromage, ce n'est rien...

Et il entra résolument, se débarrassa au vestiaire d'une vieille pelisse qu'il traînait depuis plusieurs années, et gagna le salon...

Pierre l'aperçut, et se détacha d'un cercle d'invités plastronnants, pour venir à sa rencontre :

— Ah! voici Vaubrey, l'ennemi irréductible du mariage!

— Pas si haut, de Fargue, pas si haut, tu me ferais mal juger... Un mot à te dire en particulier.

— Dispose, vieux.

— Je ne sais plus quel auteur a eu cette trouvaille... Que l'homme le plus insipide était celui qui ne changeait jamais...

— Tiens, tiens, me préparerais-tu à une volte-face?

Alors Vaubrey, à demi-voix :

— Ma lâcheté me fait honte... Mais tant pis... Je capitule... Un aveu au sujet de la cousine de ta future femme...

— Ginette?

— Oui, eh bien depuis ta fameuse soirée, crois-tu que je ne pense qu'à elle?

— Non, je n'y crois pas, mais pas du tout, répondit Pierre avec son rictus qui tenait du rire et de la grimace.

— Ton scepticisme m'afflige, de Fargue. Je vais le dire à ta mère... Sans plaisanterie... parlons sérieusement... Meurt-elle toujours d'envie de se marier... la douce créature?

— Plus que jamais... Depuis quelques jours, elle est d'une coquetterie...

— Eh bien, tant mieux, j'arrive au bon moment... je suis le fiancé providentiel... Quelle est sa situation?

— Pas un maravédis.

— Aïe, aïe... Qu'est-ce que tu me chantes?...

M. Goffé la dotera, je suppose?... Avec une fortune comme la sienne!...

— J'en doute.

— Allons donc!... Ton pessimisme me glace, tu me ferais regretter d'avoir eu un bon mouvement pour tirer cette Ginette des filets de sainte Catherine! Il faut que tu parles à ton futur beau-père... Demande-lui entre deux portes, ce qu'il compte faire de généreux pour cette pauvre enfant, et parle-lui de moi... Vite, je suis pressé...

— Mon petit, ce n'est pas le moment... Vois, les invités affluent. Il est débordé... Plus tard, après le bal, après le concert, lorsque nous aurons choqué quelques coupes.

— Mais où est-elle, la cousine de ta fiancée?...

— Cherche-la... Je te demande pardon... Ma mère me fait signe... Elle a quelque chose à me dire... Je te retrouverai tout à l'heure...

Vaubrey marmotta :

— Il n'y met aucune complaisance. Son bonheur le rend d'un égoïsme écœurant... Je vais m'adresser à sa fiancée, j'aurai plus de chance...

Il chercha un bon moment Suzanne et l'aperçut enfin, assise entre deux grosses dames dont l'une lui pétrissait les mains en l'accablant de compliments et d'hommages.

— Pauvre petite, dit-il, comme elle a maigri depuis l'autre soir... Elle paraît bien s'ennuyer... Oh! les cruelles grosses dames; vous voyez bien qu'elle ne vous écoute pas, que vous l'assommez, qu'elle cherche des yeux son Pierre avec l'espoir qu'il ne tardera pas à la libérer de vos importunités... Volons à son secours!...

Il s'approcha, souriant, la bouche en cœur, s'inclina bien bas...

Suzanne profita de la présence de Vaubrey pour s'excuser près des grosses dames et s'avança, la main tendue, vers l'ami de son futur mari.

Après le conventionnel baise-main, Vaubrey glissa à Suzanne :

— Charmé de vous revoir... Et votre jolie cousine, mademoiselle, comment va-t-elle?

— Très bien, répondit distraitement la jeune fille...

— Curieux, je l'ai cherchée, je ne la vois pas...

— Pourtant, elle ne doit pas être bien loin... Vous en serez quitte pour mieux la chercher.

Ces mots, prononcés d'un ton rogue, déroutèrent Vaubrey. Il pensa :

— Diable, est-ce qu'il y aurait du froid entre elles?

Puis, courageusement :

— Mademoiselle Suzanne, je vois que vous avez hâte de me quitter, comme vous aviez hâte de vous séparer des grosses dames... J'ai une demande à vous faire... Je ne vous présenterai pas ma requête en termes aussi tourmentés que l'architecture modern-style, j'irai droit au but : Je n'ai vu votre cousine qu'une seule fois, et je me suis mis à en être fou... mais fou...

— Au point de vous faire renier vos principes qui nous avaient tant choquées toutes deux...

Il resta nigaud et chercha une défense plaisante :

— J'étais si jeune à cette époque... Il y a quinze jours; depuis lors, j'ai vieilli de quinze ans... Allons, n'ayez pas de rancune...

Elle daigna sourire.

— Trop tard, cher monsieur... Je crois que Ginette est fiancée.

— Vous n'en êtes pas très sûre?

— Non... Pas très sûre.

— Bizarre!... Mais je ne vais pas plus avant, je craindrais de me montrer indiscret... Pourtant, si vous vouliez lui parler de moi, vous me rendriez si heureux...

Suzanne eut envie de renvoyer Vaubrey à sa cousine, mais elle se ravisa :

— Soit!... Je vais lui faire part de votre aveu, quoique le moment soit mal choisi... Je vous reverrai tout à l'heure.

C'était une occasion pour elle de sonder une fois de plus l'impénétrable Ginette, ou, tout au moins, de l'embarrasser...

Elle ne tarda pas à la découvrir entre Pierre et Mme de Fargue. Celle-ci s'était alarmée de voir sa belle-fille si triste, si distante, et lui en demandait la raison sans obtenir naturellement de réponse précise.

— Ginette! appela Suzanne, quelques mots.

Ginette accourut :

— Ce que tu me disais l'autre jour était une plaisanterie, n'est-ce pas, une bravade... Il n'est pas question de mariage pour toi?...

— Je ne puis encore rien te dire...

— Oh! fit Suzanne trépignante, si tu savais comme tu m'énerves avec tes mystères... Mais sois donc franche!...

— Je t'ai retiré ma confiance comme tu m'as retiré la tienne...

— Monsieur Vaubrey m'annonce qu'il est très épris de toi...

— L'ami de Pierre qui nous a tenu des propos déconcertants, que dis-je, odieux sur le mariage? Tu peux lui répondre que j'ai trouvé celui qui a su me comprendre, et que je vais faire, quoique pauvre, un mariage à mon goût.

— Une flèche pour moi, répondit Suzanne; merci de ta générosité.

— J'ai fixé un jour pour mettre mon oncle au courant de la nouvelle qu'il m'est agréable de te confirmer; ce jour-là tu sauras qui j'épouse, et tu auras une grande surprise...

Sur ces mots, Ginette s'éloigna, laissant sa cousine dépitée.

Suzanne marmotta :

— Alors, un jour il me faudra l'entendre annoncer : « J'épouse David Maillac. » Non, ma petite, tu n'auras pas la joie de me voir fléchir, pas plus que mon père ne m'imposera la présence de sa future femme...

Vaubrey, de loin, avait observé les deux jeunes filles pendant leur courte conversation.

Il murmura :

— Ça ne marche pas... Allons, mes fanfaronnades me valent cet échec... Bah! je ne me jetterai pas du haut de la tour Eiffel pour cela!...

Il s'approcha sans empressement de Suzanne et du bout des lèvres :

— Je crois que...

— Mon pauvre monsieur, un coup d'épée dans l'eau... Trop tard!

— Comme dans la chanson... Tant pis, je vous remercie vivement de votre obligeance, je resterai cantonné farouchement dans le maquis du célibat...

— Mais oui, de cette façon vous ferez le bonheur de la femme que vous n'épouserez pas...

Elle disparut, laissant Vaubrey tout quinaud.

— Peu aimable, ce soir, la petite fiancée! grommela cette caricature de snob... Je vois que je ne plais pas... On va me semer... Et de Fargue qui m'avait assuré que je trouverais mon couvert mis dans cette maison, une fois par semaine!...

« Décidément, comment ne pas être l'ennemi du mariage? Tous mes amis qui ont fait une fin m'abandonnent... Ah! l'humanité! »

Et mélancoliquement, il se dirigea vers le buffet...

XXII

Il était neuf heures et demie lorsque le concert fut annoncé.

Pierre, s'accrochant au bras de Suzanne qui avait si souvent tendance à s'éloigner de lui, l'entraîna vers les premiers rangs :

— On dirait que vous fuyez ma mère... Venez vous asseoir entre elle et moi... Vous ne la connaissez pas encore assez, chère Suzon, une femme admirable que je voudrais vous voir, dès maintenant, apprécier et affectionner comme elle le mérite... Elle vous prouvera que vous vous êtes trompée sur ses intentions. Et s'il est, parmi vos amies, des ennemies de ma mère qui vous mettent en méfiance contre elle, vous ne tarderez pas à reconnaître que vous n'avez jamais été plus mal conseillée.

En parlant, il dardait dans les yeux de sa fiancée un regard singulièrement incisif, où il y avait de l'ironie et du défi.

Elle répondit simplement :

— Je vous rejoins dans un instant, Pierre, j'ai oublié mon éventail...

Lorsqu'elle fut dans sa chambre, elle relut les quelques mots tracés de sang-froid, au cours de la journée :

« Cher papa,

— J'ai trop réfléchi avant de t'écrire pour regretter ma décision. Je renonce décidément à ce mariage. Un mariage sans amour est une torture. L'attachement et la sympathie peuvent venir, mais ces sentiments sont loin d'avoir la saveur de l'amour. Pardonne-moi de manquer de courage pour te le dire en face. Exprime tous mes regrets à M. de Fargue. Je désire que cette résolution ne nuise en rien à son avenir. Je te conjure de ne pas renoncer à ton projet d'en faire ton associé.

« Quant à voir Mme de Fargue prendre la place qu'occupait maman, je ne puis m'y résigner. Je vais rejoindre là-bas celle qui s'est exilée, pour protester sans doute contre ce mariage. Sois assuré, cher papa que j'ai longuement lutté avant de prendre un parti aussi grave. Ta fille affectionnée. »

— Rien à ajouter, rien à retrancher, fit-elle en remettant la lettre sous enveloppe.

Le petit rectangle blanc se détachait avec netteté sur le tapis du guéridon.

Suzanne prit sa toque de loutre ainsi qu'un petit sac de voyage préparé d'avance, elle les dissimula sous un long manteau d'hiver, et sortit de sa chambre à pas de loup.

Dans l'escalier, elle s'arrêta un moment, haletante d'émotion. Les accents atténués d'un violon lui apportaient, comme pour encourager sa fugue, le plus joli motif de la fameuse mélodie de David : *Aveu tardif*, dont le succès avait rapidement grandi.

Elle l'écouta, le cœur battant, le front soudainement glacé.

— Non, non, je ne puis croire que David ait si vite oublié...

Un escalier dérobé la conduisit vers la porte de service. Elle se couvrit de son manteau, coiffa sa toque de loutre, et sortit en inclinant la tête...

Des watmen qui bavardaient la prirent pour une servante fugitive. Elle les entendit rire d'une réflexion risquée que se permettait l'un d'eux...

Vaubrey était sorti un instant avant elle. Il gagnait lentement la place de l'Arc-de-Triomphe en grommelant :

— De Fargue peut m'écrire... Je ne serai même pas son témoin... Ils se sont bien moqué de moi, là dedans, je m'en souviendrai...

Suzanne venait de dépasser Vaubrey sans se douter que c'était là le grand ami de Pierre qui, mortifié de son échec, avait jugé inutile de rester plus longtemps...

La jeune fille vit une auto descendre lentement l'avenue. Elle fit signe au watman. La voiture vint raser le trottoir.

Un réverbère éclaira le profil de Suzanne.

Vaubrey eut un ricanement :

— Tiens, le sosie de Mlle Goffé.

Mais lorsqu'il l'entendit lancer : « Gare Saint-Lazare, et vite! » il éprouva un saisissement.

— Ah çà! c'est bien elle... à moins que je ne rêve!...

Eberlué, il resta sur place, regardant l'auto glisser puis disparaître dans le brouillard.

— Non, ce n'est pas possible...

Avec un haussement d'épaules, il reprit sa marche, mais se ravisa bientôt :

— Volte-face... J'en aurai le cœur net...

Il réapparut dans le grand salon au moment où une jeune tragédienne lançait, d'une voix ronflante, les premiers alexandrins d'*Océana nox*, d'Hugo.

Son regard chercha tout de suite Pierre.

Il le vit, un peu inquiet, près d'une chaise inoccupée, et pensa :

— Très drôle... Vais-je enfin pouvoir m'amuser un peu?

Lorsque la voix, devenue sanglotante, de la tragédienne expira au milieu des bravos et des ovations, Vaubrey vit Pierre échanger quelques mots avec sa mère, se lever et sortir du salon.

Il opéra un mouvement tournant, pour se trouver devant son ami, comme par hasard.

— Eh bien, mon cher, tu as l'air tourmenté?

— Tu n'as pas vu Suzanne... Elle n'a pas paru au concert... Elle avait oublié son éventail.

— Son éventail! vraiment! Coquin d'éventail, où s'est-il niché pour être si difficile à retrouver?

— Oh! mais je n'ai pas envie de rire, j'ai peur qu'elle ne soit souffrante... Nous l'avons trouvée pâlotte, ce soir...

Et s'adressant à une servante qui revenait du buffet :

— Halte-là... Montez vite dans la chambre de mademoiselle, dites-lui que nous sommes inquiets, qu'elle vienne nous rassurer tout de suite...

La bonne s'éloigna en grommelant :

— Il donne déjà des ordres celui-là!

La réponse revint, rapide. Elle acheva de désemparer Pierre :

— Mademoiselle n'est pas dans sa chambre.

— Pas dans sa chambre!... Cherchez-la partout, c'est insensé!

Il avait passé son bras sous celui de Vaubrey qui pensait, ravi : « S'il savait ce que je sais », et s'écria en riant :

— Amusant ce jeu de cache-cache! Elle doit être espiègle ta fiancée!

— Tu trouves que c'est amusant; moi je trouve que c'est angoissant...

— Peut-être un enlèvement... comme au cinéma?

Vaubrey exultait, ne doutant plus de la fugue et se disant : « Le concert se termine par la représentation imprévue d'un mystère... Pas de danger que je dise quelque chose! »

La trépidation de Pierre tenait de la danse de Saint-Guy.

Il avait l'intuition du coup de tête tant redouté au début des fiançailles.

Les consolations de Vaubrey, d'une fausseté trop transparente, l'irritaient...

Enfin, lorsque le concert fut terminé, Pierre se précipita au-devant de M. Goffé, lequel présentait son bras à Mme de Fargue, pour la conduire au buffet.

— Suzanne a disparu, jeta-t-il d'une voix rauque.

— Disparu, répondit le banquier flegmatique, que veut dire cette plaisanterie. Vous voulez rire, mon bon!

— Pas du tout... Demandez aux domestiques.

M. Goffé aperçut Ginette, lui fit signe d'approcher n'obtenant pas de réponse, entra dans sa chambre... et s'écria en riant :

— Vois ce pauvre de Fargue qui perd la tête parce qu'il ne retrouve pas sa fiancée!... Cherche-la avec lui!

— Peut-être est-elle souffrante?... Je vais m'en assurer...

Persuadée que Suzanne boudait, Ginette monta jusqu'au premier étage, appela sa cousine, mais

La lettre, en évidence sur le guéridon, attira son regard.

Elle lut : « Pour mon père », et crut d'abord à quelque détermination funeste. La lettre n'était pas cachetée. Vite elle en prit connaissance.

Une joie indicible la faisait chanceler.

Elle murmura :

— Enfin, elle a pris le parti le plus raisonnable, celui de tout brusquer, de n'écouter que son cœur... Bravo!... David, David, il y a enfin quelque chose de changé ici... Les hostilités sont commencées, mais qui l'emportera, de Suzanne ou de son père?...

Pierre attendait Ginette au bas de l'escalier :

— Eh bien?

— Mon pauvre monsieur, je ne sais que penser!

Elle se garda bien de parler de sa découverte. M. Goffé saurait la vérité bien assez tôt. A présent, elle ne redoutait plus la colère de cet homme puissant et brutal. Ses fiançailles avec Olivier Sarmande lui donnaient du cran. Pouvoir enfin dire à Pierre tout ce qu'elle avait sur le cœur, quel soulagement!

Pierre était atterré. Son visage avait des reflets verdâtres.

Il demanda :

— Qu'en pensez-vous?

Alors elle, avec crânerie :

— Je pense, monsieur, que vous n'avez jamais compris Suzanne. Votre dignité vous dictait un devoir, celui de rompre. On n'épouse pas une jeune fille malgré elle...

— Mais, balbutia Pierre avec hauteur, elle avait accepté!

— Pauvre petite, vous saviez ce que valait cette acceptation, et dans quelles conditions elle lui avait été arrachée.

— Alors elle est partie. Vous parlez comme si vous aviez été mise dans le secret de ses intentions?

— Encore une erreur de votre part. Depuis quelques jours, les confidences avaient cessé entre nous. Mais si elle est partie, je n'en suis nullement surprise... Où est mon oncle?

— M. Goffé est au buffet... Il était bien plus pressé de se rafraîchir que d'attendre votre réponse.

Il ajouta, sentencieux et ironique :

— Mademoiselle Ginette, je vous remercie de la leçon que vous venez de me donner... Je ne croyais pas mériter un tel camouflet...

En quittant la jeune fille, il se retrouva devant Vaubrey avide de savoir quelque chose :

— Eh bien! mon petit?...

— Suzanne est retrouvée, imagina Pierre, elle était tout simplement souffrante...

— Tout simplement... Oh bien! tant mieux... Ce ne sera rien, j'espère...

— Non, rien, rien, riposta Pierre évasif et hargneux. Je te demande pardon de te quitter, tu m'excuseras, mais j'ai tant de choses à dire à mon directeur...

Un serrement de mains à l'emporte-pièce, et les deux jeunes gens se séparèrent. Vaubrey regagna le vestiaire en esquissant une petite grimace de joie féroce :

— Pauvre Fargue, moi qui l'enviais en arrivant ici, j'avais bien tort... Ça craque, ça craque... Partie pour une destination inconnue la riche future!... Il a voulu rire et faire rire la galerie aux dépens de David Maillac. C'est la revanche du musicien sur le financier!... Ça me fait plaisir de voir une fois en passant le pot de terre fêler le pot de fer.

XXIII

Suzanne était arrivée juste au moment où le train de Marly se mettait en marche. Elle était soucieuse mais sans regret.

Elle redoutait simplement de revoir M. Brénault pour ce qu'il allait lui apprendre au sujet de Ginette et de David.

— Il ne s'attend pas à mon apparition, murmurait-elle, quel sera son accueil?... Qu'importe! Il ne peut me refuser la somme dont j'ai besoin pour partir, mettre l'Atlantique entre moi et un cauchemar qui n'a que trop duré... Je n'aspire plus qu'à une seule joie : me retrouver dans les bras de maman, me sentir le cœur libre, la pensée libre, goûter enfin d'un air qui ne soit pas empoisonné... Plutôt la médiocrité heureuse près de l'être choisi, aimé, qui est tout, que l'opulence bête, sans effusions franches, sans élans d'ivresse, près de celui qui n'est rien!...

Jamais le voyage ne lui parut plus long.

A partir de Saint-Cloud, les stationnements lui semblaient interminables.

Lorsqu'elle entendit annoncer Louveciennes, elle murmura :

— Enfin... Plus que deux arrêts.

Elle étouffait... Elle tendit le front à l'air vif, glacial, et s'en grisa comme s'il lui apportait un peu de cette atmosphère du *Doux Exil*, embaumée de souvenirs charmants...

Enfin elle se vit à l'Etang-la-Ville, un peu frissonnante, trottant sur la route sonore, éveillant de temps en temps un chien par le grincement rythmique de ses bottines.

Soudain, au loin, un coq chanta :

— Un cocorico de bienvenue à la pauvre noctambule qui tremble d'émotion, dit-elle.

Et comme elle approchait de *La Roseraie*, elle aperçut, à travers les rideaux d'une fenêtre de rez-de-chaussée, M. Brénault penché sous le grand abat-jour vert de sa lampe basse. Il écrivait. Une défaillance la rendit lâche. Elle redoutait le vacarme de la sonnette dans l'impressionnant silence de cette nuit claire et appela :

— Monsieur Brénault! Monsieur Brénault!...

A la troisième fois seulement, l'ingénieur entendit prononcer son nom et entre-bâilla sa fenêtre.

— Monsieur Brénault, ouvrez vite!

Elle le voyait jeter un regard anxieux vers la grille.

— Qui m'appelle?

— Moi, Suzanne.

— Suzanne, Suzanne, allons donc!

Il s'était mis à courir.

— Toi, petite amie, à cette heure?... C'est à ne pas croire!... Qu'est-ce qu'il y a de cassé?

Elle l'embrassa, toute essoufflée.

— Je vais vous expliquer... Entrons... Je ne pouvais plus... Je ne pouvais plus... La résistance a des limites.

— Allons, remets-toi... Ne tremble pas; tu es avec un grand ami... Que se passe-t-il de grave?...

Elle le précéda dans le cabinet de travail surchauffé. Le sang lui afflua aux pommettes; elle écarta son lourd manteau, puis se laissant tomber sur le petit canapé de reps vert :

— Je me suis sauvée, monsieur Brénault... J'ai quitté la maison... Un coup de tête... une folie... Oh! je ne regrette rien.

— Et alors?

— Alors je vais rejoindre maman.

— En Amérique?

— En Amérique... Là au moins papa ne me forcera pas à revenir... Ah! j'aurais six mois de plus, je serais majeure; ce serait plus simple...

Il la regardait avec stupeur :

— C'est curieux, je ne te vois pas partant toute seule pour le nouveau monde.

— Vraiment! Et pourtant j'ai cette idée bien enracinée dans la tête...

Elle lui parla alors des journées moroses vécues depuis sa rentrée à Paris, de l'aversion accumulée chaque jour contre celui qu'on voulait lui faire épouser, des intrigues de Mme de Fargue devenue presque maîtresse de maison, à laquelle son père avait dit plusieurs fois : « Vous n'avez qu'à commander. »

— Ce fut le bouquet, conclut Suzanne, mais je n'ai pas le sou; monsieur Brénault, il faut que vous m'aidiez à réaliser mon projet... Vous allez m'avancer le prix du voyage... Dites, mon petit monsieur Brénault... Oh! je vois que vous vous préparez à la résistance... Vous allez me faire de la morale... Vous croyez peut-être qu'après la lettre annonçant ma résolution, je vais revenir, repentante, près de mon père, me confondre en excuses, supplier monsieur de Fargue et sa mère de me pardonner, et leur assurer que je ne recommencerai plus... Vous n'y songez pas, monsieur Brénault... Donnez-moi l'hospitalité, puis de l'argent; demain, à la première heure, je serai partie, je vous aurai débarrassé.

Il la regarda en riant.

— Quelle transformation! Je ne t'ai jamais vue aussi déterminée!

— Oh! mais je ne ris pas... Vous ne vous attendiez guère à cette surprise?

— Brave Suzanne!... je ne sais si je dois t'approuver ou te plaindre... Qu'est-ce que tu veux?... Deux mille francs, trois mille francs, davantage?

— Ce que vous jugerez bon de m'avancer... Lorsque je serai près de maman, je n'aurai plus besoin de rien.

— Qu'est-ce que tu as dans ce petit sac?

— Une chemise de nuit et quelques objets de toilette.

— C'est peu pour faire un si long voyage.

— Je n'allais pas emporter une malle, monsieur Brénault, j'avais assez peur qu'on me voie partir...

— Ecoute, Suzanne, je crains que tu ne fasses un voyage inutile.

— Et pourquoi?

— Parce que ta mère se sera peut être embarquée lorsque tu arriveras.

— Qui vous fait supposer...

— Une lettre que j'ai reçue, où elle me fixe à quarante-huit heures près la date de son départ.

— Vrai... Elle reviendrait bientôt!... Oh! quelle joie... Vous me dites bien la vérité, monsieur Brénault?

M Brénault ouvrit son tiroir, en tira le papier vergé couvert d'une fine écriture :

— Lis.

Suzanne parcourut avidement la bonne lettre...

— Pauvre maman, comme elle s'affecte!... Que d'appréhensions pour moi!... Qu'elle se rassure... Suzanne ne deviendra pas madame de Fargue.

— Ginette sait que tu es ici?

Au nom de Ginette, Suzanne tressaillit.

— Pour qu'elle me trahisse! Ah! jamais! Je lui ai laissé ignorer ma résolution, mon départ, comme elle me laisse ignorer le nom de l'homme qu'elle épouse.

— Comment, tu ne sais pas que David...

Elle trancha, éperdue :

— Oh! je m'en suis doutée...

— ... à un ami qui s'est épris d'elle, et qui m'a chargé de faire la demande...

Une soudaine détente, un bouillonnement de joie mit Suzanne sur pieds :

— Mais cet ami?

— Olivier Sarmande, un peintre qu'elle a connu chez les Maillac le jour où nous l'avons fait venir à ton insu... David était désespéré... Son ami Olivier voulait tenter l'impossible, pour que ton mariage ne se fît pas. Ginette nous expliqua combien tu étais malheureuse, mais ne nous laissa aucun espoir de rupture... Pourtant elle promit d'intriguer... C'est au cours de cette entrevue qu'Olivier devint amoureux de ta cousine... Comment, Ginette t'a caché cette grande nouvelle? Mais pourquoi, pourquoi?

Elle ne répondit pas, savourant mot par mot les assurances du grand ami, se morigénant de son erreur obstinée. Enfin, elle avoua :

— Parce que j'ai été injuste, monsieur Brénault.

— Injuste, toi, tu es capable d'être injuste, ma Suzanne?

Son cœur débordait de regrets et de bonheur. Elle fondit en larmes :

— Oh! laissez-moi pleurer... Ça me soulage.

— Brave petite, fit l'ingénieur tendrement ému, mais alors tu ne sais pas que David n'a plus de mère, qu'il est seul, seul dans le petit intérieur de la rue Notre-Dame-de-Lorette, effondré, sans courage, au milieu de tout ce qui lui rappelle la défunte, pleurant deux affections perdues?

Elle ouvrit de grands yeux attristés :

— Pauvre ami, sa mère est morte!... Oh! comme il doit souffrir!... S'il me fallait perdre la mienne...

— Y penses-tu toujours un peu à ce bon David?

Ce fut un soupir qui valait le plus éloquent des aveux.

Dans un sourire qui donnait un éclat extraordinaire à ses yeux, elle modula :

— Monsieur Brénault, une jeune fille peut-elle oublier jamais celui qui sut provoquer ses premières émotions d'amour?

M. Brénault était à la fois ravi pour son protégé et inquiet pour Suzanne.

— Et tu crois que ton père sera dupe de ta naïveté?... Il va bien rire, ton père, en lisant ta lettre, il pensera que tu ne vas pas aller loin... Il est capable de deviner que tu es ici...

— Vous croyez? fit-elle anxieuse... Eh bien! vous me cacherez, monsieur Brénault... Quand maman sera revenue, je pourrai me montrer, elle me protégera.

Des sandales claquaient dans l'escalier.

La vieille Constance, aux écoutes depuis un moment, avait reconnu la voix de Suzanne. La curiosité la poussait à descendre.

Elle apparut en disant :

— Bonsoir mam'zelle... Je disais aussi : « J'entends une voix qui ne m'est pas inconnue. »

— Constance, pria M. Brénault, vite, préparez le lit dans la grande chambre du premier, je vais avoir une pensionnaire pour quelques jours...

Il ajouta, mystérieux :

— Il n'y a que vous et moi qui devons savoir que mademoiselle Goffé est des nôtres.

— Monsieur connaît ma discrétion...

En un instant, Suzanne venait de retrouver sa belle humeur.

Elle se jeta au cou du grand ami :

— Merci, monsieur Brénault... Vous verrez que je ne serai pas embarrassante, on ne m'entendra pas... je parlerai toujours à voix basse... Merci merci... Bonne nuit...

— Dors bien, ma petite Suzanne...

Prestement, la jeune fille monta l'escalier, suivie de Constance :

— Je vais vous aider à faire le lit.

Bientôt elle l'aidait à tendre les draps sur le grand lit de fer laqué d'ivoire, à colonnettes et ornements de cuivre.

La vieille servante en profita pour poser insidieusement des questions que Suzanne éludait.

— Mais j'avais entendu dire que mam'zelle devait se marier?

— Oui, oui, fit Suzanne évasive, on dit tant de choses qui ne se réalisent pas... Je l'aime, cette chambre, vous ne sauriez croire, Constance.

— Mais alors, mam'zelle quitterait définitivement son papa?

— C'est propre ici, d'une netteté... Pas de tentures superflues... Un parquet qui sent bon le pitchpin... Je suis comme mère, moi, j'ai des goûts simples... Oh! les bons draps qui sentent la lavande!

— La place de mam'zelle est plutôt avec sa maman qu'avec son papa, pas vrai?

— Oh! une petite araignée, Constance, ne la tuez pas, araignée du soir...

— Mam'zelle n'aura pas froid?

— Moi, froid?... Je brûle... voyez...

Elle posa la main sur celle de Constance.

— Il fait bon dans cette chambre... Là-bas j'étouffais... Ici mes poumons se délectent d'un air pur qui me regaillardit.

— Ah! jeunesse!... Moi j'ai eu des frissons toute la journée, il me semblait que le temps se mettait à la neige...

— Pour vous peut-être, Constance; pour moi il se met au beau fixe.

— Allons, je suis contente de voir que mam'zelle prend toujours la vie par le bon côté... Mam'zelle n'a plus besoin de mes services?

— Merci, ma bonne Constance.

— Que mam'zelle dorme bien, qu'elle fasse des rêves aussi bleus que ses beaux yeux...

Restée seule, Suzanne murmura :

— Oh! la vieille curieuse... Elle a bien le temps de savoir...

Elle ouvrit la fenêtre :

— La joie d'être libre, ça grise!... Plus de chaîne!... Et comme je serai bien cachée ici... Qu'ils y viennent pour faire rentrer l'oiseau dans sa cage... J'ai une envie de chanter!...

Elle ne put résister au plaisir de fredonner la chanson de David :

A deux époques de la vie,
L'homme prononce en bégayant,
Deux mots dont la douce harmonie
A je ne sais quoi de touchant.
L'un est maman, l'autre « je t'aime ».

La vieille servante, en prenant congé de Suzanne, était descendue près de son maître.

— C'est fait, monsieur, Mlle Goffé paraît ravie...

L'ingénieur eut un léger mouvement d'épaules et moins réservé que Suzanne :

— Tant mieux! Je souhaite que son coup de tête mette fin à une situation intenable, mais j'en doute... Elle ne veut plus entendre parler du mariage que lui impose son père. En tout cas, Constance, si un inconnu se présentait pour me voir, ce serait sans doute M. Goffé, ne le laissez pas entrer. J'irais le recevoir à la porte...

— Monsieur peut être tranquille...

Lorsque Constance fut remontée M. Brénault écrivit à David :

« Mon cher ami,

« Je vous ai trouvé si malheureux l'autre soir, en me séparant de vous, que j'ai eu regret de ne vous avoir pas encouragé à quitter Paris... Je vous en prie, changez d'air. Votre moral me paraît très atteint, et votre impressionnabilité maladive m'inquiète. Venez me retrouver tout de suite. J'ai de quoi vous loger à *La Roseraie*. Ici l'énergie vous reviendra. Un bon mouvement et vous ne regretterez pas d'avoir suivi le conseil de votre ami. Je vous attends. Mes deux mains... »

XXIV

M. Goffé venait de prendre connaissance des quelques mots de sa fille.

Jamais cet homme exclusif et dominateur n'avait été plus durement frappé.

Suffoquant, congestionné, hagard, il se fût rué sur les bibelots chers à Suzanne, et les aurait piétinés, s'il avait pensé que Mme de Fargue ne pouvait l'entendre.

Inquiète de ne pas voir descendre son oncle, Ginette monta dans la chambre de Suzanne.

Elle trouva le banquier affalé, le front appuyé sur son poing.

— Eh bien, mon oncle, dit-elle d'une voix faible, Mme de Fargue vous attend.

Il leva sur la jeune fille un regard mauvais.

— Ferme la porte, toi, et arrive ici.

Ginette obéit et s'avança tremblante.

M. Goffé s'était levé. Il mit la lettre sous les yeux de sa nièce.

— Ce n'est pas du nouveau pour toi?... Tu n'ignores pas les intentions de ta cousine?

— Je ne sais ce que vous voulez dire, balbutia Ginette.

Elle prit la lettre, affecta de lire attentivement les termes qu'elle connaissait, puis elle marmotta :

— Ce n'est pas possible.

Le banquier gronda :

— Hypocrite!

— Oh! mon oncle, Suzanne ne m'a rien dit, je vous le jure...

— Mais sois donc franche, fit-il d'une voix étranglée.

Ses gros doigts happèrent le poignet fragile comme pour le broyer :

— Soutiens-le encore que tu ne savais rien?

— Mon oncle, mon oncle, je vous en prie, vous me faites mal.

— Je ne t'en ferai jamais autant que tu nous en as fait ici... C'est toi qui es cause de ce départ, c'est toi qui as poussé ma fille à commettre cette sottise...

— Non, mon oncle.

— C'est toi la coupable... Quelle est ma situation, maintenant, vis-à-vis de Pierre? Que vais-je lui dire à ce garçon?... Comme je m'en veux de t'avoir prise chez moi!... J'ai été trop faible... J'aurais dû refuser nettement à ma femme... Tu as toujours été mon ennemie dans cette maison!

Il la secouait rudement.

— Mon oncle, je ne mérite pas...

— Si, si... Par tes conseils perfides, tu as détourné Suzanne de son devoir, tu lui as appris à dédaigner la femme la plus loyale, la plus respectable qui soit, tu l'as poussée à détester son fils parce que ces gens-là gênaient madame Goffé... Tu étais l'espionne de ma femme... Tu me fais horreur!

Il repoussa Ginette si brutalement que la jeune fille trébucha et tomba.

Très vite relevée, elle se jeta sur le canapé en sanglotant.

— Ah! tu peux pleurer, reprit le banquier, ce n'est pas des larmes qu'il me faut, c'est une réponse à ma question : que vais-je dire à Fargue pour le rassurer?... Car cette lettre n'est pas sérieuse. C'est une plaisanterie. Suzanne va se cacher pendant quelque temps dans une pension de famille, où tu la renseigneras, persévérant dans ton rôle d'espionne... Je veux savoir où se trouve ma fille... Allons, parle!

— Je vous jure que je ne sais rien, rien...

— Oh! pouvoir lire dans cette tête-là!

Affolé de nouveau, il agitait furieusement les poings, moins préoccupé de la fugitive que de l'opinion de Mme de Fargue...

Un air de danse exotique, d'une langueur malsaine, leur arrivait très atténué.

Goffé se raidit :

— Alors, tu ne veux pas parler? Il faut donc que j'emploie les moyens extrêmes, que je signale la disparition de Suzanne, que je la fasse rechercher comme une voleuse?

— Puisque je ne sais pas! réitéra Ginette d'une voix suppliante.

Trois coups à la porte et la vieille Emilie parut :

— Madame de Fargue m'envoie demander si monsieur est souffrant?

— Priez-les de monter, elle et son fils...

Il les attendit sur le seuil de la porte, s'efforçant de dominer sa colère, cherchant au contraire à paraître amusé de ce qu'il allait annoncer.

— Entrez, entrez, leur dit-il souriant... donnez-vous la peine de vous asseoir... Eh bien, Suzanne est partie, tout simplement.

— Partie! s'exclamèrent ensemble Mme de Fargue et son fils.

— Oui, partie... Oh! une lubie, un coup de tête à la suite d'une petite contrariété. Mais rassurez-vous, demain, dans deux jours au plus tard, elle sera rentrée... Ces échappées-là sont plus drôles qu'inquiétantes.

— Où a-t-elle pu aller? s'informa Pierre.

— Ah! je n'en sais rien, mon ami... Si je connaissais l'endroit, il y a un bon moment déjà que je serais parti en auto... Je vous l'aurais ramenée...

Mme de Fargue montrait un visage consterné. Il exhorta :

— Que cela ne vous trouble pas... Voyez, je suis tranquille, confiant, aussi sûr qu'à fin novembre mademoiselle Goffé s'appellera madame de Fargue, que madame de Fargue mère s'appellera un jour madame Goffé.

Il s'efforçait de rire, la suppliant de pardonner à Suzanne un mouvement de mauvaise humeur, répétant :

— C'est une petite sauvage, elle a des emportements comme sa mère... Mais elle s'assagira... Le mariage la rendra souple...

Et comme Mme de Fargue manifestait le désir de se retirer :

— Pas encore, pria le banquier, j'irai vous reconduire en auto...

Il était une heure et demie lorsque Pierre et sa mère purent échanger enfin librement leurs impressions sur la fugue de Suzanne.

En ouvrant la porte de l'appartement, Mme de Fargue dit :

— Je croyais que cet homme ne nous quitterait pas.

Pierre grinça :

— Eh bien, le mariage est réglé.

— Que veux-tu dire?

— Ah! ma chère maman, quel affront j'ai subi ce soir!... Sur quel ton m'a parlé Ginette!

Il répéta les paroles cinglantes de la jeune fille.

— Que Suzanne revienne ou ne revienne pas, peu m'importe!

— Et ta situation, Pierre?

— On m'en a proposé une autre... Je n'ai qu'un mot à dire, et je quitte la banque Goffé... Demain, monsieur Goffé sera au courant de mes intentions : je renonce à sa fille, et je veux devenir son associé dès maintenant, ou je démissionne...

— Oh! Pierre, si tu allais ne pas retrouver l'équivalent de ce que tu vas perdre?..

— Laisse-moi faire... Du même coup, je te tire des griffes de cet homme...

— Pierre, un peu de patience, je te promets d'en avoir...

— Que veux-tu, quand on croit atteindre le but, et que le but se dérobe...

Elle supplia :

— Du sang-froid, mon Pierre, Suzanne aura peut-être un regret?

— Ah! non... Je l'ai sur le cœur la réflexion qu'elle m'a fait transmettre par sa cousine : « On n'épouse pas une jeune fille malgré elle! »

— Alors, c'est fini, tous mes efforts sont annulés, adieu la joie glorieuse de te voir faire un beau mariage?...

— Adieu le supplice de savoir ma mère exposée aux tendresses jalouses d'un individu qu'elle exècre... Libérons-nous une bonne fois du joug de cette ambition qui ne nous a rapporté, à toi que du dégoût, à moi que des froissements et du dépit... J'ai adoré Suzanne, mais on se lasse à la longue d'une femme qui vous crible de flèches... Assez de souffrance, assez d'abnégation.

Mme de Fargue, le visage ruisselant, étreignit son fils :

— Pauvre Pierre, fini notre beau rêve, fini, fini...

— Va, mère, ne nous acharnons pas, crois-moi... Grâce à ta ténacité, j'ai été élevé à un poste où j'ai beaucoup appris, où je me suis fait de nombreuses relations. J'ai acquis une certaine expérience, tu le sais. Demain, je ferai appel à ces relations et à cette expérience... Ne crois pas tout perdu parce que je vais me séparer de monsieur Goffé...

— Crois-tu qu'il va te laisser partir?

— Non, je ne crois pas, mais il faut tout prévoir. Je lutterai, tu ne manqueras de rien... J'ai de l'énergie... Certes, il est pénible d'abandonner un si bel atout, mais tu verras que nous apprécierons le soulagement d'être désenchaînés tous deux... Mère, tu parais abattue...

Il l'embrassa tendrement :

— Promets-moi d'être bien raisonnable... de ne plus pleurer?

— Oui, oui, fit-elle navrée... j'étais trop orgueilleuse de ce mariage... Mais il y a peut-être encore un peu d'espoir... Ne me l'arrache pas complètement.

Il la regarda avec une compassion infinie :

— Pauvre mère... Tu te cramponnes... Quel courage!... Comme tu mérites d'être aimée...

XXV

DAVID venait de recevoir la lettre de M. Brénault alors que, pieusement, il mettait de l'ordre dans les papiers de la défunte. Il prit connaissance de l'invitation réconfortante.

— Ah! les grands amis comme ceux-là sont si rares, dit-il, qu'on n'oserait les chagriner. Et puis il a raison, un peu de changement me fera grand bien... Vite un mot.

« Cher monsieur Brénault,

« Je suis vivement touché de votre attention. Je m'empresserais d'accourir ce soir même, si je n'étais pas retenu pour un concert. Demain, je donne une leçon vers cinq heures, j'arriverai donc dans la soirée. Je prendrai le train de 21 heures. Nous causerons longuement du bonheur d'Olivier. Je vais trouver près de vous les mots affectueux qui endormiront ma douleur.

« DAVID. »

Il fut interrompu par les deux coups de timbre d'Olivier.

Presque chaque jour, depuis la mort de Mme Maillac, le peintre faisait une apparition chez son ami entre quatre et cinq.

— Comment vas-tu?

— Assez bien.

— Tu es jaune, pauvre vieux. Voyons réagis-tu?

— Oui... Lis ces mots.

— M. Brénault... Il t'invite... Tu ne vas pas refuser j'espère?

— Je serai là-bas demain soir.

— A la bonne heure! De sorte que, dimanche prochain, nous nous retrouverons réunis à *La Roseraie*. Ginette et moi avons choisi ce jour.

— Tant mieux.

— J'ai rendez-vous avec elle vendredi, au rond-point des Champs-Elysées... De là nous filerons rue de Rivoli... Elle choisira sa bague et elle l'aura dimanche, au repas des fiançailles.

— Heureux mortel...

— Tu as raison... Trop heureux...

— Non, jamais trop heureux... Ton bonheur, sans me faire oublier mes chagrins, me les rend plus supportables. Il a de beaux reflets chatoyants qui me pénètrent... Ah! mon cher ami, tu ne saurais croire combien me rendent courageux les quelques minutes que tu passes journellement ici...

Quand il se retrouva seul, David murmura :

— Revoir Ginette, apprendre quelque nouveauté au sujet de Suzanne, j'appréhende ces rudes instants et pourtant mieux vaut souffrir que de ne plus jamais entendre parler d'elle...

⁂

Le lendemain soir, comme David prenait le chemin de la gare Saint-Lazare, la neige se mit à tomber, serrée.

— Joli temps pour aller à la campagne! grommela-t-il en relevant le col de son pardessus.

Comme il arrivait devant la Trinité, une rafale le découragea complètement. Quoique aveuglé par les flocons, il devait encore se garer des autos qui arrivaient en tous sens. Il songea un moment à faire demi-tour, et à réintégrer le petit appartement qu'il avait eu regret de quitter, où régnait une bonne chaleur, où, par un effet de sensibilité extrême, il lui semblait entendre prononcer toujours son nom, faiblement.

Il s'encouragea :

— Non, ce serait mal, j'ai promis...

En montant dans le train de Marly, il se sentait envahi d'un spleen absorbant :

— J'avais pourtant juré de n'y retourner jamais dans ce pays où j'ai trop aimé...

Pendant le trajet, maints souvenirs le mettaient au supplice. Il exhala :

— Elle, la femme d'un autre, bientôt... Oui, un soir viendra où je devrai me dire : « Tout est fini. Il triomphe. Elle se laisse conduire... » Et ce sera le froid du couteau qui se glisse jusqu'au cœur... L'époque approche... Plus rien à tenter, plus rien...

— Marly, annonçait une voix enrouée, Marly!

Un coup de sifflet. Les roues se remirent à broyer le verglas.

— J'approche... Du blanc, partout du blanc. C'est de la tristesse qui tombe... Avoir connu cet endroit avec des fleurs, du soleil, la joie d'aimer et d'être aimé, puis revoir sur ce paradis une immense mousse blanche! Quelle glace sur tous ces chers souvenirs!

Enfin ce fut l'Etang-la-Ville, il eut une sensation bizarre : comme une immense lassitude qui le retenait à la banquette...

M. Brénault s'était élancé sur le quai, allant vers le monstre mécanique au gros œil terne qui haletait en ralentissant sa marche...

Suzanne restée dans la salle d'attente secouait le grand parapluie que lui avait prêté Constance.

— Quel est donc cet ami, très aimable, charmant causeur, qui vient ce soir? se demandait-elle intriguée.

Elle s'approcha de la porte vitrée, cherchant les traits du personnage, mais la buée du carreau l'empêchait de distinguer...

M. Brénault avait passé familièrement le bras sous celui du compositeur :

— Quel courage, cher ami!... Je m'attendais à une hésitation de votre part... Je suis accompagné d'une jeune fille qui vous rappellera tout à fait Suzanne... Vous verrez... Elle vous plaira... ou j'en perds mon latin...

David murmura :

— Non, monsieur Brénault... Je ne crois pas que votre jeune fille puisse me rappeler Suzanne... ou je crierai au miracle...

L'ingénieur le poussa dans la salle d'attente :

— Eh bien! criez au miracle, mon bon David.

Le nom de David venait de tinter gaiement à l'oreille de Suzanne. Elle bondit, trop surprise pour chercher un maintien, une attitude. Soudainement grisée de joie, elle apparut au jeune homme dans tout le sans-façon de sa nature franche, joviale, exubérante :

— Monsieur David, monsieur David... Oh! quelle bonne surprise!... Je vous demande pardon, j'ai les mains mouillées... Cette neige! Quel temps, quel temps!...

— Embrassez-vous donc, mes enfants! s'écria M. Brénault paternel.

Ce fut prompt. David reçut la gentille enfant dans ses bras...

Extasié, incrédule à croire au bonheur miraculeux de cette aventure, il ne voyait, à travers sa vue brouillée, que la tache rose du joli visage en moiteur, adorable, où riaient les deux grands yeux d'un charme infini...

— Vite, mes enfants, en route, bravons la neige, encouragea M. Brénault. Nous gagnerons la bonne tasse de chocolat qui nous attend à la *Roseraie*...

David, à peine revenu de son émotion, se laissa entraîner sans chercher à comprendre, craignant de voir s'effondrer cet énigmatique bonheur trop semblable à un joli rêve.

Alors les deux jeunes gens, qu'abritait imparfaitement le grand parapluie de Constance, s'engagèrent sur le long tapis blanc.

M. Brénault les suivait à quelque distance, craignant de les gêner dans leur causerie :

— Marchez marchez, ne vous occupez pas de moi.

Le bras de Suzanne se glissa frileusement sous celui de David.

Soudain une rafale secoua le parapluie, Suzanne partit d'un rire fou...

Tous deux, tête baissée, joue contre joue, savouraient d'un cœur débordant ces secondes exquises. Suzanne avait retrouvé en quelques instants tout son bel entrain. Elle aurait voulu crier : « Je suis heureuse. » Pourtant un regret lui vint :

— Excusez-moi, monsieur David, de rire comme ça... je ne devrais pas...

— Au contraire, riez, je vous retrouve telle que vous étiez, cet été, avant ces fiançailles qui...

— Je ne suis plus fiancée... Rompu...

— Vrai?... Puis-je croire?...

— Ecoutez, je me suis libérée, je ne sais ce que peuvent penser Pierre et sa mère, mais qu'importe!... Oh! qu'il fait bon vivre... Courons dans la neige pour ne plus penser... voulez-vous, c'est follement drôle...

Cramponnée à son bras, elle l'entraîna dans une course échevelée...

M. Brénault criait :

— Ils sont aussi fous que des enfants... Hé! là-bas! On me lâche!...

Suzanne se retourna et cria dans le vent :

— Rattrapez-nous si vous le pouvez, monsieur Brénault...

Et elle forçait David à courir encore plus vite.

— Dépêchons-nous...

L'artiste susurra, à travers son essoufflement :

— Je voudrais que la maison fût loin, loin... Sentir longtemps dans la mienne votre main qui brûle... Oh! petite Suzanne aimée, je la chanterai cette nuit d'apothéose qui vous fait blanche comme une mariée... Près de vous, cette neige est caressante et ce vent exquis...

Ils étaient arrivés. Elle ouvrit la porte de la grille, quittant le bras de son cavalier pour le guider par la main :

— Attention, il y a un pas...

Mais elle l'avait prévenu trop tard. David buta, s'écroula dans la neige.

Elle rit encore, l'aida à se relever :

— Vous ne vous êtes pas fait mal au moins?... Oh! mon pauvre...

— Non, non, ce n'est rien.

Il ne sentait pas la douleur, et pourtant son genou avait rudement porté.

Constance les attendait sur le perron.

— Constance, Constance, annonça Suzanne... Voici celui qui manquait... M. David... Regardez, on dirait un bonhomme de neige...

Et, zélée, trépidante, elle chassait la neige qui adhérait au pardessus du jeune homme.

— Ah! Constance, murmura David, faut-il croire à tout cela?

— Monsieur est content, hein?

Il ne put répondre. Sa voix s'étranglait.

Suzanne gronda :

— Pourquoi ces larmes?

— L'air vif, fit le musicien.

Mais Suzanne s'apitoyant soudain :

— Oh! pardon, j'oubliais... Je ris, je ris... Trop de gaîté, pardonnez-moi... Votre pauvre maman...

— Merci à vous d'avoir un mot pour la disparue... En s'éteignant, elle nous réunissait tous deux indissolublement, dans sa pensée.

M. Brénault arrivait. Il gronda joyeusement:

— Ah! les fous qui m'ont abandonné au quart du chemin!...

Suzanne entraîna l'ingénieur pour lui parler en dehors de David.

— J'avais besoin de mouvement, d'expansion, monsieur Brénault... Quelle fête dans mon cœur, dans nos cœurs!... Que je suis folle. Il ne manque que mère... Qu'elle vienne vite... Je vous dois ce grand bonheur, merci, merci...

— Pauvres enfants!... Rapprocher deux êtres qui s'aiment, est-il plus grand plaisir?

— Oui, monsieur Brénault, parce que votre cœur est grand, mais ne sont-ils pas légion ceux qu'incommode le bonheur d'autrui?

XXVI

Pierre venait de pénétrer dans le bureau de M. Goffé :

— Pas de nouvelles encore de Suzanne?

— Non, aucune, je fais suivre Ginette... C'est par Ginette que nous saurons où se cache la fugitive... Jusqu'ici, aucun résultat... Mais ne vous affolez pas, mon bon... Si ma fille est une girouette, moi j'ai de la volonté pour nous deux... Vous verrez que tout finira bien...

Impassible, Pierre répondit :

— Vous reconnaissez que la situation est très délicate pour moi... Je ne puis décidément épouser une jeune fille qui ne m'aime pas et qui, en disparaissant, manque à la parole donnée.

— Allons bon, vous prenez le mors aux dents!

— Qu'il ne soit plus question de mariage, monsieur Goffé... Je viens vous demander d'avancer l'époque de notre association...

— L'acte d'association est subordonné au mariage, mon ami. Pas de mariage, pas d'association, mais encore une fois, patientez...

— Impossible, monsieur... Je vous quitte...

Le banquier sursauta :

— Hein?... Me quitter!... Mais vous n'y songez pas, Fargue... C'est impossible... Vous, commettre cette folie?... Et à l'insu de votre mère, sans doute?

— Non, ma mère connaît ma résolution...

— Et elle ne vous a pas détourné de ce projet insensé?

— Mère me laisse libre.

— Je vais aller la voir.

— A quoi bon?

M. Goffé pâlit. La réplique de son secrétaire venait de l'assommer :

— A quoi bon!... Est-ce que votre mère renoncerait au mariage, elle aussi?

— Mieux vaut, monsieur Goffé, que vous ne fondiez aucun espoir sur les demi-promesses de ma mère. Ses principes religieux lui interdisent

Mort! Mort! gémit le banquier (p. 44).

décidément d'épouser un divorcé... Et puis ce divorce, êtes-vous sûr de l'obtenir?

Il se dressa l'œil mauvais :

— Ah! çà! qu'est-ce que vous me chantez, Fargue?... Est-ce à vous de me dire ces choses-là?... Votre mère ne peut-elle pas m'en parler elle-même... Je vais la voir immédiatement.

Son bras s'allongeait vers la patère.

Il décrocha sa pelisse.

— C'est inutile, reprit Pierre, vous ne la trouverez pas... Elle est en visite chez une de ses amies, à Versailles... Je ne pense pas qu'elle rentre avant huit heures...

M. Goffé déconfit, sonda un bon moment Pierre. Il pensait : « J'ai été joué... La promesse de cette femme n'était qu'illusoire... une simple amorce. »

Retombant lourdement sur son fauteuil :

— C'est très bien... Je n'insiste pas, monsieur Fargue. Quand quitterez-vous la banque?

— J'avais pensé qu'à la fin du mois...

— A votre guise... J'en prends acte... Vous pouvez vous retirer...

Effondré, les tempes sur les poings, le banquier râla :

— Imbécile qui trahit sa mère... Oh! si je n'étais pas fou de cette femme, avec quelle âpre joie j'aurais jeté ce serin à la porte... Au surplus, qu'il parte, qu'il en mange de la vache enragée, qu'il en fasse manger un peu à sa mère, et un jour celle-ci me reviendra suppliante... Oh! alors!...

D'un geste il compléta sa pensée.

— Ai-je assez fermé les yeux sur l'indolence de ce garçon qui finissait par travailler en amateur, auquel je ne pouvais laisser aucune responsabilité, aucune initiative. Infortuné poids mort, mouche du coche qui croyait à son indispensabilité! Constamment occupé de sa toilette, du vernis de ses bottines, des plis de son pantalon, du brillant de ses cheveux, c'était l'employé de luxe, pédant et fat, plus apte à figurer dans un salon où l'on danse que dans un bureau où l'on brasse des affaires importantes...

Ce soir-là, M. Goffé était d'une humeur massacrante en rentrant chez lui.

Il appela son domestique, le fidèle Prosper.

— Ginette est-elle sortie aujourd'hui?

— Oui, monsieur... d'abord pour mettre une lettre à la poste... Elle a pris le métro jusqu'à la station Opéra... Je l'ai vue entrer dans un grand magasin du boulevard Haussmann, elle s'est dirigée au rayon de lingerie où elle a fait quelques emplettes, puis elle est revenue.

— Elle ne vous a pas vu, surtout, elle ne se méfie de rien...

— Monsieur peut être tranquille...

— Très bien, continuez votre filature. Un jour viendra où vous verrez surgir ma fille...

Il pénétra dans la salle à manger :

— Tiens, un seul couvert, ce soir?

— Oui, monsieur, répondit la femme de chambre, Mlle Ginette a voulu dîner seule.

— Dîner seule!... C'est risible. Dites-lui qu'elle vienne...

Ginette, prévenue, apparut très crâne :

— Il paraît que tu ne m'attends plus pour prendre tes repas, toi?

— Ma société vous est si indifférente!...

— Que veux-tu dire?

— J'ai l'impression de vous gêner... Vous lisez votre journal en mangeant; si je vous adresse la parole, vous ne me faites pas l'honneur d'une réponse; si j'insiste vous répliquez par quelques mots sourds que j'ai de la peine à comprendre. Dans ces conditions, je préfère m'effacer...

— Alors, désormais, tu vas vivre chez moi comme une étrangère... Tu considéreras ma maison comme une espèce de pension de famille gratuite...

— Non, j'attendrai patiemment que votre rancune contre moi se soit apaisée, que je ne sois plus suspecte d'avoir favorisé la fuite de Suzanne...

— Hypocrite! fit-il entre ses dents.

— Oh! mon oncle, assez d'injures!

— Quoi, quoi! cela ne te plaît pas... Eh bien, tu peux t'en aller...

— C'est la seconde fois que vous me montrez la porte, je n'attendrai pas la troisième...

Et Ginette, effectuant une rapide volte-face, sortit de la pièce tandis que M. Goffé lui criait :

— Oui, tu peux aller la retrouver ta cousine et lui apprendre qu'elle ne tardera pas à être ramenée ici, quoi qu'elle dise quoi qu'elle fasse, car je connais sa retraite, maintenant.

Il bluffait, comptant sur un mot maladroit qui lui donnerait une indication.

Ginette se retourna :

— Vous avez plus de chance que moi, car je l'ignore toujours.

La jeune fille monta s'enfermer dans sa chambre:

— Impossible de rester... Mon oncle s'imagine peut-être qu'il me verra m'asseoir demain, toute confuse à sa table!... Je ne me le pardonnerais pas... M. Brénault me donnera l'hospitalité, lui, il me la donnera de tout cœur, avec un affectueux empressement... J'attendrai à *la Roseraie* le jour de mon mariage... Adieu cette belle maison où l'on s'ennuie...

« Quelle joie! Demain, grand jour, un de ceux inoubliables, qui se prépare, la fête de nos fiançailles... Oh! que je voudrais déjà voir se lever l'aurore.

Elle se coucha, fiévreuse, cherchant à oublier l'ostracisme injuste de son oncle, pour sourire à un avenir de félicité, pur, comme un ciel d'Orient.

***

Le lendemain, un timide rayon de soleil jaune d'or la surprit, les paupières mi-closes, alanguie, fatiguée d'une demi-nuit blanche. Elle s'étira et ses bras nus eurent, au-dessus du couvre-lit vert d'eau, les ondulations gracieuses de cygnes blancs.

— Sept heures... Debout... le temps de me vêtir! fit-elle en consultant un minuscule cadran habillé de vieille porcelaine.

Elle se jeta hors du lit. Et la chambre fut aussitôt remplie du bruit de ses sandales qui claquaient...

A huit heures, elle était prête, son petit sac de voyage à la main. Elle savait que sa grande tasse jaune l'attendait dans la salle à manger, devant celle de M. Goffé.

— Affronter mon oncle, jamais!

Elle passa rapidement devant les grandes portes vitrées aux brise-bise de soie réséda, aperçut le banquier qui étalait du beurre sur d'épaisses tartines, et allongea le pas.

Sur le perron, la vieille Emilie la croisa :

— Déjà, fini de déjeuner, mademoiselle?

— Je ne déjeune pas... une course très urgente.

— Mademoiselle sera rentrée pour onze heures?

— Non, vous ne me verrez pas de la journée, Emilie.

Ces mots énigmatiques intriguèrent la vieille servante :

— Alors, amusez-vous bien.

— Merci.

Il faisait un temps superbe, mais le froid était vif.

— Ça pince! murmura Ginette en portant son mouchoir devant sa bouche.

Elle se tourmentait à l'idée d'apparaître devant Olivier avec son petit nez tout rouge...

Une auto la déposa dans la cour de Rome.

A peine venait-elle de gravir l'escalier de la salle des Pas-Perdus qu'elle vit Olivier accourir :

— Comment, déjà là? fit-elle, moi qui croyais être la première!

— Ces quelques jours sans vous voir m'ont semblé mortellement longs.

Elle eut un cillement qui exprimait le même aveu, et tendit gentiment ses joues où montait le feu de l'émotion.

— Oh! monsieur Olivier, une nouvelle à sensation! Suzanne nous a quittés... Le coup de tête sur lequel je n'osais trop compter s'est produit!

Il exulta :

— Vrai... Vrai... Ce que vous m'apprenez me fait un plaisir!... Mais où est-elle?

— Sa lettre annonçait qu'elle partait rejoindre ma tante en Amérique; je suppose qu'elle s'est réfugiée tout simplement dans une pension de famille où elle se fait passer pour une étrangère... Suzanne parle l'anglais dans la perfection...

— Quelle joie vous allez causer à David?

— C'est vrai, monsieur David ne peut manquer d'être des nôtres aujourd'hui?

— Il est le pensionnaire de monsieur Brénault depuis quatre jours...

— Pensionnaire de monsieur Brénault!... Et moi qui me proposais de demander l'hospitalité de notre ami... Imaginez la fureur de mon oncle! Impossible de vivre avec ce père exaspéré.

— Pauvre!...

— Il m'a rendue responsable de l'aventure... L'autre soir, il me tordait le poignet à le briser. Hier, nouvelle scène...

Soudain, elle s'interrompit, regardant avec une curiosité inquiète vers l'entrée des quais.

Il demanda :

— Vous avez reconnu quelqu'un?

— Il m'a semblé voir Prosper, le domestique de mon oncle... C'est peut-être une erreur...

— Ah çà! monsieur Goffé vous ferait-il surveiller?

— Il en est bien capable...

***

Vers onze heures, le train déposa les deux fiancés à l'Etang-la-Ville.

M. Brénault et David les attendaient sur le quai. Daniel, le premier, se précipita vers ses amis.

Tout de suite Olivier s'étonne de voir le jeune homme transfiguré :

— Je ne te demande pas de tes nouvelles, quelle mine!

— Un mystère, mes enfants, un mystère!...

— Suzanne au moins? s'écria Ginette, ce n'est pas difficile à deviner.

— Pas si haut... Oui, Suzanne... Je n'en reviens pas encore!

Tandis que Ginette se jetait au cou de M. Brénault, David s'emparait du bras d'Olivier :

— Que de bonnes choses à te dire, mon petit... Imagine-toi les heures exquises que nous vivons à *la Roseraie*...

Mais l'ingénieur réjoui s'avançait vers Olivier :

— La bienvenue au roi de cette charmante réunion! dit-il en secouant la main du peintre.

— Merci, monsieur Brénault. Je suis saisi de ce que m'apprend David. Quelle victoire!

— N'est-ce pas?... Délicieuse cette rencontre de deux désespérés... L'amour a fait un miracle...

— Auquel vous avez contribué.

— En tout cas, un joli conte hivernal à mettre en musique... Je vous laisse bavarder avec votre ami...

Tous quatre prirent le chemin de *la Roseraie*. Ginette, au bras de M. Brénault, parlait de l'irritabilité de son oncle, tandis que David expliquait :

— Notre paradis, cette *Roseraie*, ami. Le matin je suis levé au petit jour. Les rêves tourmentés de la nuit sont chassés. Je me régale de cette réalité magnifique. Le ciel peut être gris, il m'apparaît rose. Vois cette neige durcie, elle tombait à gros flocons lorsque je suis arrivé. En voyant Suzanne, j'ai cru à une hallucination, et il m'a semblé qu'une bonne fée, pour nous seuls, transformait les flocons en pétales de roses blanches... Un délicat parfum de rose émanait de l'aimée, me faisant croire en effet au miracle... Qui ne pourrait être orgueilleux, à ma place, de l'affection qu'elle me témoigne... Elle est taquine et tendre, empressée et familière. Le matin je l'entends, dans sa chambre, chanter, rire, parler toute seule... Une allégresse contagieuse déborde de ce petit être divin... Quand elle me voit un peu engourdi, elle me secoue, m'oblige à rire, à trépider avec elle, elle me grise de son verbiage, de ses drôleries... Bref, je suis heureux peut-être, et cela me fait peur... Le soir, lorsque nous sommes l'un près de l'autre, la main dans la main, devant un bon feu de bois, je la vois réfléchir. Elle redevient sentimentale et craintive. Je pense alors : « Si elle allait avoir un regret!... » Quitter la maison paternelle, c'est si grave pour une jeune fille! J'ai toujours peur de ne plus la revoir le lendemain. Olivier, si après les heures d'espoir que j'ai vécues près d'elle, Suzanne devait avoir un remords et prendre le parti de rentrer chez son père, ce serait pour moi la fin de tout... Je ne surmonterais pas, je crois, cette suprême épreuve.

— Oh! David, tu peux être tranquille... Entre Fargue et elle, c'est la rupture...

— Allons donc! Tu ne connais pas Fargue, il cherche l'argent, il excusera cette équipée, il n'y verra qu'un caprice, il en rira s'il croit son intérêt de le faire.

— Non, c'est impossible, il ne faut pas exagérer.

— Ah! les gens droits comme toi ont trop tendance à juger les autres d'après leur propre et belle image...

Olivier et David suivaient à ce moment M. Brénault et Ginette dans le jardin qui ne présentait plus qu'une étendue de neige plantée d'arbres et d'arbustes dépouillés ou éparpillant leurs dernières feuilles.

La porte de la maison s'ouvrit. Ils virent alors Suzanne envelopper Ginette dans ses bras. Ce fut une longue et solide étreinte.

Olivier, le premier, monta l'escalier de pierre.

A peine fut-il devant la porte que Ginette s'écria :

— Ma petite Suzanne, je te présente mon fiancé, Olivier Sarmande...

Les deux jeunes gens échangèrent des compliments timides. Puis Ginette s'exclama :

— Nous allons passer une bonne journée, tous, grâce à monsieur Brénault.

— Nous le nommons notre papa honoraire! s'écria Suzanne.

— Très bien, approuva David.

— J'accepte ce rôle, répondit l'ingénieur, mais à une condition, que vous me réserverez un jour celui de parrain.

— Monsieur Brénault, s'écria Olivier, je retiens cette offre aimable, et vous en remercie affectueusement.

Tandis que ces messieurs pénétraient dans le salon de l'ingénieur, Suzanne entraînait Ginette dans la salle à manger :

— Regarde, chérie, est-ce une belle table? J'ai aidé Constance, je revis ici, je revis... Eh bien, voyons, pendant que nous sommes seules, que s'est-il passé, là-bas, quand père a eu connaissance de ma lettre?

— Une explosion de fureur, bien entendu, ma petite... Mon oncle ne pense pas du tout que tu sois allé retrouver tante...

— Soupçonnerait-il que je suis à la *Roseraie?*

— J'en ai peur, car, hier, il m'a dit savoir où tu te réfugiais...

— Vrai!... Oh! ma Ginette, pas un mot à David, il est trop impressionnable... Ici je suis bien cachée, va... D'ailleurs, je ne me montre pas... Je ne sors que le soir, pour aller faire un tour entre monsieur Brénault et mon...

Elle se reprit :

— ... et monsieur David.

— Tu allais dire : mon fiancé.

— C'est vrai, avoua-t-elle, nous vivons ici comme deux fiancés qui se connaîtraient depuis... toujours... J'ai retrouvé mes joyeux réveils d'autrefois... Aussitôt levée, j'ai hâte d'être près de David, de l'entendre me dire des mots aimants dont je raffole, des mots qui me grisent comme sa musique... Mais, chaque soir, il me chagrine, sa bonne humeur tombe. Comme d'autres ont peur de la nuit, lui redoute l'événement inattendu qui nous désunira... Alors, le plus gentiment que je peux, je le rassure et le console... Ah! Ginette, comme je l'apprécie cette liberté d'aimer! Maintenant que je l'ai reconquise, on ne me l'arrachera plus... D'ailleurs, pour papa, je ne suis pas ici, je ne dois pas être ici... Personne ne me trahira... Ma Ginette, j'ai confiance en toi, maintenant, et je te demande pardon d'avoir douté de tes bons sentiments... Où avais-je la tête?... Toi, ma grande et loyale amie...

— Ne parlons plus de tout cela, Suzanne, c'est oublié... Tiens, parlons de monsieur Olivier.

— Oui, oui, tu l'aimes?

Ginette eut un hochement de tête et un regard enflammé plus éloquents qu'une affirmation.

— Tu te souviens de nos conversations sentimentales, cet été, dans notre gentille chambre du *Doux Exil*; tu me parlais de M. David, mais moi, je ne pouvais te parler de personne... Oh! Suzanne, se savoir aimée, quel enchantement!

— C'est vrai, on ne jouit réellement de la vie qu'à partir de ce moment si bon...

XXVII

M. Goffé s'était rendu inutilement rue de Moscou. Il avait sonné plusieurs fois chez Mme de Fargue, mais il n'avait pas reçu de réponse.

Pourtant Mme de Fargue était là, dans le salon, avec son fils. Tous deux, ayant entendu l'auto s'arrêter devant la maison, s'étaient concertés.

— Mère, n'ouvre pas, c'est inutile.

— Je ferai ce que tu voudras...

— Tu ne m'approuves pas?

— Je t'obéis.

— Je connais le fond de ta pensée... Tous ces événements te bouleversent.

— Ton avenir, mon Pierre, ton avenir! fit-elle suppliante.

— Oh! des promesses!...

Au premier coup de timbre, leurs regards se confondirent, anxieux.

Un second coup la fit tressaillir. Elle allait s'élancer vers la porte, Pierre la retint :

— Eh bien! non... Tu fléchis... Je ne veux pas!... Je te le défends.

Elle s'assit accablée, en pensant : « Je me rappelle son père... Dieu sait ce que ses gestes nous ont coûté!... »

Elle prêta un moment l'oreille aux pas sourds du visiteur qui se perdaient dans l'escalier, et se dit :

— Il ne reviendra plus... Il a compris...

En effet, M. Goffé, en s'affalant sur un siège de son salon, grommelait :

— Fini... Elle ne veut plus me voir... Soit!...

Trois coups à la porte vitrée, et M. Goffé vit Prosper s'avancer :

— Eh bien?

L'autre chuchota :

— Il y a du bon... mademoiselle a pris le métro jusqu'à la gare Saint-Lazare... Là, un grand jeune homme élégant s'est approché d'elle...

— Ce Maillac sans doute. L'avez-vous bien examiné?

— Je n'ai pas pu... Je me tenais à une certaine distance... J'avais peur que la nièce de monsieur me reconnaisse... Mais je suis allé m'embusquer près du guichet où le compagnon de mademoiselle Ginette prenait les billets... Je faisais semblant de contempler une affiche... J'ai cru comprendre qu'il demandait deux premières pour l'Etang-la-Ville... Mais je n'en étais pas bien sûr... Aussi, pour en avoir la certitude, j'ai pris le chemin des quais et je les ai vus bientôt tous deux monter dans le train de Marly... Voilà...

Le banquier eut un ricanement prolongé.

— Enfin, tout se découvre... Elle est chez Brénault... C'est là que je vais la cueillir... J'avais donné campos à François... Vite, allez le prévenir... Il y a des choses qui doivent être vite réglées, celle-ci ne souffre pas de retard.

Prosper disparut. Quelques minutes après, M. Goffé reprenait place dans son auto. Etranglant de colère, il maugréait :

— Faut-il que je sois naïf pour n'avoir pas deviné tout de suite qu'elle était chez le néfaste Brénault... Moi qui cherchais la complication!... Je pensais qu'elle se cacherait mieux que ça... Pauvre petite!...

Il brandit les deux poings :

— Oh! ce Brénault, ce Brénault! Il y a trop longtemps que je cherche une explication... C'est le moment d'agir ou jamais!... François vite, vite... Ne vous endormez pas...

***

A *la Roseraie*, dans le salon, M. Brénault et ses invités devisaient gaîment. Le déjeuner exquis, arrosé de bons crus, provoquait une exubérance de bon aloi.

Suzanne s'assit devant le piano, pour chanter sa romance préférée.

Elle venait d'entamer la ritournelle lorsque, s'interrompant :

— Ah! monsieur David, quelques mots avant de commencer... Figurez-vous que, l'autre soir, dans la jolie chambre que j'occupe, je me mets à fredonner le premier couplet de : *Je vous aime*, lorsque, tout à coup, mon regard se porte sur une gravure impressionnante qui décore le mur...

L'ingénieur l'interrompit :

— Tu as pu constater, ma chère Suzanne, que j'ai fait remplacer cette gravure par une aquarelle représentant un coin de la forêt de Marly.

— Et je vous en remercie, monsieur Brénault... Il s'agissait de Robespierre allant au supplice, et auquel une femme du peuple crie : « Monstre, au nom de toutes les mères, de toutes les fiancées dont tu as fait saigner le cœur, je te maudis! » La vue de cette image m'avait causé un tel malaise que j'étais sûre d'en rêver.

— Et vous en avez rêvé? demanda David.

— Dois-je vous le dire? J'ai rêvé que le sang coulait de votre cœur... Où va-t-on chercher cela?

— Du sang! Triomphe s'exclama Olivier.

— Vrai! Alors je suis contente, répondit Suzanne en reprenant sa ritournelle, tandis que David glissait à l'oreille d'Olivier :

— Contraste étrange, mon cher, les paroles de

Je vous aime sont du farouche Maximilien Robespierre. J'ai retrouvé sa poésie dans des papiers de famille. Mais je me garderai bien de faire cet aveu à Suzanne...

— Tu as raison, sa nature superstitieuse s'en alarmerait.

Déjà la voix souple de la jeune fille modulait :

A deux époques de la vie,
L'homme prononce en bégayant,
Deux mots dont la douce harmonie
A je ne sais quoi de touchant.

L'un est maman, l'autre : je t'aime.
L'un part des lèvres de l'enfant
Et l'autre arrive de lui-même
D'un cœur épris, tout simplement...

Quand le premier se fait entendre,
Soudain une mère y répond.
La jeune fille devient tendre
Quand son cœur entend le second.

Mais il convient de prendre garde
Au joli mot plein de douceur,
Car souvent tel qui le hasarde
N'en connut jamais la valeur.

Il faut une prudence extrême
Pour savourer ce mot charmant.
Celui qui mieux dit : « Je vous aime »
Est plus souvent celui qui ment...

Mais le dernier couplet fut interrompu par un cri d'alarme.

— M. Goffé! Voilà monsieur Goffé! annonça l'ingénieur.

Tous s'étaient précipités vers les fenêtres, regardant avec angoisse à travers les rideaux.

Une auto venait de s'arrêter devant la grille.

— Pas un mot, fit le maître de la maison avec calme. Je vais la recevoir.

Suzanne supplia :

— Monsieur Brénault, assurez-lui bien que je ne suis pas ici.

— Sois tranquille.

Et tandis que M. Brénault sortait pour dire à Constance : « Ne bougez pas, je vais ouvrir la porte à ce monsieur », Suzanne défaillante reculait de quelques pas en portant la main à son front :

— Oh! mon Dieu, mon Dieu!...

David blême, était derrière elle :

— Vous allez céder... Il vous remmènera... C'est fini...

— Non, non David... Confiance... Il ne saura rien...

Leurs mains se tenaient, furieusement crispées.

Elle reprit :

— Nous ne nous séparerons plus, je vous le jure... Père aurait-il recours à la force, je ne céderait pas...

Plus loin, Olivier et Ginette parlaient à voix basse :

— Vous verrez, monsieur Olivier, c'est mon oncle qui sera le plus fort.

— Vous croyez?

— Suzanne retournera là-bas. Elle faiblira, elle se résignera.

Olivier fut secoué d'une révolte :

— Mais c'est impossible!

— Ah! vous ne connaissez pas Suzanne. Elle souffrira, mais elle obéira...

M. Brénault, confiant dans sa force et dans son sang-froid, allait au-devant du visiteur.

Sans un mot, sans un salut, il donna un tour de clef à la serrure, ouvrit la porte et demanda simplement :

— Vous désirez, monsieur?

— Je viens chercher ma fille.

— Je ne sais pas ce que vous voulez dire.

Le calme de l'ingénieur irrita M. Goffé :

— Je connais votre complicité dans la désertion de Suzanne... Elle est ici, je le sais... D'ailleurs, je viens d'entendre sa voix...

— Vous vous trompez, répondit M. Brénault.

Et il repoussa la porte.

La colère du banquier éclata. Il saisit les barreaux et bousculant son interlocuteur, il entra..

Mais deux mains vigoureuses, après l'avoir arrêté net, s'efforcèrent de le rejeter dehors.

— Vous n'entrerez pas chez moi! gronda M. Brénault.—

— Je veux ma fille... Je sais qu'elle est chez vous...

M. Goffé se débatait, rageant de ne pouvoir résister à une force supérieure qui l'immobilisait sur place.

Son bras s'était enfin dégagé, et son poing allait s'abattre sur l'ingénieur quand, d'un geste prompt, M. Brénault para l'attaque...

Mais l'habileté de M. Goffé devait l'emporter sur la vigueur de son antagoniste.

Une voix déchirante cria : « Père! père! »

Suzanne accourait, éperdue, se jetait entre les deux hommes :

— Je vous en prie M. Brénault, ne frappez pas mon père.

Cette voix éplorée électrisa l'ingénieur.

Il lança à Suzanne un regard malheureux, et sans un mot, lâcha l'homme exécré.

— Ah! je savais bien qu'elle s'était réfugiée ici, triompha M. Goffé.

Il saisit sa fille par la main et l'entraînant vers l'auto :

— Allons, viens!...

Il la poussa devant lui. La portière se referma bruyamment, et la voiture fila avec un ronflement dont l'écho lacéra le cœur de David. Le regard désespérément fixe du jeune homme ne pouvait se détacher de la grille...

Et la voix de Ginette chuchotait à l'oreille d'Olivier :

— Quand je vous le disais que mon oncle serait le plus fort!...

XXVIII

M. Goffé regardait sa fille avec une ironique compassion.

— Et quelqu'un troubla la fête!... Pauvre Suzanne... Allons, des larmes maintenant, hon?... Tu vois, je ne m'emporte pas, je suis bien calme.

— Père, supplia-t-elle, n'insiste pas pour me faire faire ce mariage, je t'en prie...

— Mon enfant, je n'ai jamais manqué à une parole donnée, et j'entends que tu ne renies pas la tienne.

— Ça m'est égal, je ferai tout ce que tu voudras mais à la mairie je répondrai non.

Il trouva l'idée plaisante et partit d'un rire gras. :

— Ah! ce sera drôle... Du vaudeville!... Et tu crois avoir assez de cran pour faire cela?... Pauvre gamine! Mais on répond toujours oui, même quand on a envie de dire non...

— Je n'aime pas Pierre de Fargue, je ne pourrai jamais l'aimer.

— Tu as accepté. Il fallait refuser carrément :

Elle joignit les mains :

— Père, père, tu sais dans quelles conditions je me suis prononcée, je te voyais si pressant... Non, non, décidément, c'est impossible!

— Il le faut... A partir de ce soir, nous ne nous quitterons plus. Demain matin, tu viendras avec moi à la banque.. Tu seras attachée à mon bureau... Une occupation te fera grand bien.

— Tu me condamneras à me trouver constamment au contact de ton secrétaire dont je ne veux pas?...

— Oui, c'est le meilleur moyen de t'habituer à l'homme qui sera bientôt ton mari... Je t'ai arrachée à l'influence de M. Brenault et de ta cousine qui, je l'espère, a quitté définitivement la maison, je compte te ramener à un juste sentiment de tes devoirs.

Elle éclata :

— Eh bien, non, non, non, je n'irai pas à la banque, ou tu m'y traîneras de force... Tu veux épouser Mme de Fargue, épouse-là, mais ne me fais pas souffrir...

— Je suis le maître, et j'entends que tu m'obéisses...

Ces mots mirent fin à la discussion. Jusqu'à Paris, ils restèrent silencieux. Suzanne évitait le regard plein de bravade de son père.

Lorsque M. Goffé eut déposé Suzanne à l'hôtel de l'avenue du Bois, il appela son fidèle Prosper et tout bas :

— Je la confie à votre surveillance... Qu'elle ne recommence pas cette plaisanterie-là... J'entends que les portes restent fermées, et que vous ne confiez les clefs à personne...

Il s'élança vers son auto, et se fit conduire de nouveau rue de Moscou...

Enfin Mme de Fargue se présenta. Pierre venait de sortir.

Feignant l'enjouement, le banquier déclara :

— Tout est arrangé avec Suzanne. Elle regrette vivement sa folie, et me charge de vous faire ses excuses.

— Vous connaissez la décision de mon fils? fit Mme de Fargue avec un calme sévère, il renonce décidément au mariage, et rend sa liberté à mademoiselle Suzanne...

— Soit... Et vous, madame, n'êtes-vous plus dans les mêmes intentions?

Il avait des gestes enveloppants dont elle se défendit :

— Non, monsieur, Pierre vous a prévenu, n'est-ce pas?... Ce mariage est décidément impossible... Je m'étais trop avancée... Je regrette vivement, mais je m'en voudrais de vous faire espérer plus longtemps...

Il pâlit, et d'une voix altérée :

— Votre fils m'avait, en effet, parlé de votre hésitation à épouser un divorcé, mais je ne pensais pas que votre décision était irrévocable... C'est Pierre qui commande ici, avouez-le, c'est Pierre qui ne veut pas que Mme de Fargue devienne Mme Goffé... C'est un bon, bon fils, trop affectueux, trop aimant...

Elle eut un haut-le-corps :

— Un fils n'est jamais trop affectueux ni trop aimant...

M. Goffé compléta sa pensée :

— Car il est jaloux de l'affection que je vous porte, jaloux à l'excès... Oh! j'ai eu l'occasion de m'en apercevoir plusieurs fois... C'est sur son ordre que vous vous retirez... C'est lui qui sera cause de l'immense chagrin que j'emporterai de cette dernière entrevue...

Sa voix tremblait. Il s'effondra aux pieds de la jolie femme. Elle vit ses gros yeux voilés de larmes :

— De grâce, monsieur, relevez-vous... Votre attitude m'afflige...

— Je vous demande pardon, je suis malheureux... Je vous ai dit combien j'avais souffert de l'indifférence de ma femme, je me croyais un peu compris de vous... Je me disais : à cinquante-quatre ans, après une vie de labeur, je pourrai compter enfin sur une amie, sur une affection... Oh! je n'étais pas exigeant, je demandais si peu... Adieu mon rêve!... La solitude, toujours la solitude, c'est atroce!

Il ne put réprimer un mouvement de révolte :

— Oh! avoir gagné tant d'argent et demander à mains jointes une chose qui ne peut s'acheter...

Lentement, il gagna la porte. Mme de Fargue le suivait d'un regard plein de pitié.

Il se retourna :

— Alors, adieu.

Il espérait encore qu'elle aurait un geste de bonté. Mais, impassible, elle répondit :

— Adieu...

***

Ce soir-là, Suzanne ne parut pas à table.

La vieille Emilie avait dit au banquier :

— Mademoiselle est souffrante, très souffrante. Tout à l'heure, j'ai cru qu'elle allait se trouver mal.

Aigre, M. Goffé répliqua :

— Ici elle se trouve mal, très mal, mais là-bas, elle se trouvait bien, très bien... Allons, qu'on me serve...

Après le dîner, il se dispensa d'aller prendre des nouvelles de Suzanne et s'enferma dans sa chambre. Jamais il n'avait éprouvé une plus grande impression de vide.

Le lendemain, en se réveillant, il grommela, la bouche amère :

— Debout, allons gagner de l'argent... puisque je ne suis bon qu'à ça!...

Lorsqu'il fut habillé, il vint frapper à la porte de Suzanne :

— Tu es prête?

— Entre, père...

Elle était couchée. Ses paupières rouges et bouffies se soulevèrent. Elle murmura, endolorie :

— J'ai la migraine.

Il se pencha sur le front brûlant :

— Alors, reste, soigne-toi.

Et lui tapotant la joue :

— Pauvre Suzanne!

Elle riposta, triste :

— Oh! oui, tu peux le dire : pauvre Suzanne!... Tiens, je voudrais mourir.

— Encore des enfantillages!

— Non, non, je te le jure, c'est sincère... J'en ai assez...

Son petit poing s'abattit à plusieurs reprises sur son oreiller :

— Oui, mourir, mourir, mourir...

— A ton âge!

Ses épaules se soulevèrent.

— Dors...

Il était neuf heures lorsque l'auto le déposa rue de Châteaudun. Il demanda au garçon de bureau :

— Aussitôt que M. de Fargue sera arrivé, vous me l'enverrez.

— Il y a sur votre bureau une lettre de votre secrétaire, monsieur le Directeur.

En effet, le banquier lut les quelques mots suivants : « Monsieur, j'ai, ce matin, un rendez-vous vers neuf heures et demie. Il s'agit d'une situation intéressante qui m'est offerte. Je pense être revenu vers onze heures. Avec mes excuses, veuillez agréer, etc... »

— Bluffeur ou jobard, ricana M. Goffé hargneux.

Et sonnant le garçon :

— Dites au caissier de venir.

Cinq minutes après, M. Félix se présentait.

C'était un homme grand, sec, grisonnant, visage ridé et glabre, l'œil assez vif derrière un pince-nez d'écaille.

— Bonjour, monsieur le Directeur.

— Bonjour, monsieur Félix... Asseyez-vous... Tout ce qui va se dire ici ne doit pas être ébruité...

Et à demi-voix :

— M. de Fargue me quitte à la fin du mois...

— Ah! vraiment! répondit le caissier, à la fois surpris et satisfait.

— Oui, il a trouvé quelque chose de mieux... et pour les services qu'il me rend... il est préférable qu'il parte!

— Alors, monsieur le Directeur, le mariage, l'association?

— C'est fini... Il n'est plus question de rien.

— Pas possible! s'exclama M. Félix, la bouche arrondie... Oh! alors...

— Alors, quoi?

— Alors rien.

— Vous alliez dire quelque chose?

M. Félix se troubla :

— J'allais dire : Oh! alors, il y aura un poste de secrétaire vacant.

— Non, monsieur Félix. Vous aviez une autre pensée... Rappelez-vous ce que vous m'avez dit, il y a quinze jours, en me présentant un extrait de mon compte.

— Je voulais savoir, monsieur le Directeur, si nous étions d'accord. J'ai cru voir que, sur les derniers reçus, votre écriture ainsi que votre signature étaient truquées.

Le banquier eut un tressaillement :

— Vous ne m'aviez pas présenté la chose de cette façon-là, monsieur Félix?

Cauteleux, le caissier répondit :

— J'étais assez embarrassé, en effet, pour vous parler de certaines découvertes impressionnantes.

— Et moi, interrompit le banquier, assez contrarié de vos observations, car je redoutais de voir trop clair... Le cœur a des raisons... Monsieur Félix, je vous ai répondu assez brièvement que nous examinerions tout cela plus tard...

— J'ai compris, monsieur le Directeur, et je n'ai pas insisté.

— Eh bien! aujourd'hui, j'ai besoin de clarté... Allez me chercher ces reçus...

M. Félix sortit de son pas automatique, tandis que M. Goffé, nerveux, ramenait un cigare de sa poche, et le décapitait d'un coup de dents.

Il murmura :

— Si je tiens le fils, je tiens la mère!...

M. Félix revint avec un dossier sous le bras

Il l'ouvrit, puis alignant sur le bureau un certain nombre de reçus :

— Voici, monsieur le Directeur, ceux que je suspecte.

— Donnez-les-moi tous...

Alors M. Goffé examina attentivement chaque reçu, annonçant : « Ceci est de moi » ou « Ceci n'est pas de moi », en séparant les reçus authentiques des autres.

Lorsque le classement fut terminé, il déclara :

— En résumé, six reçus de mon écriture contre dix-huit d'une écriture très bien imitée... Tenez, à cette date-là, c'est six mille francs que j'ai prélevés et non huit; à cette autre date, j'avais demandé quinze mille et non dix-huit mille...

— Nous pouvons vérifier avec les souches, monsieur le Directeur.

— Mon tort, monsieur Félix, c'est d'avoir eu trop confiance. Toutes mes souches sont restées en blanc... Notre gaillard le savait et en profitait... J'aurais dû aller toucher moi-même à votre caisse les sommes dont j'avais besoin, ou vous faire appeler... Il a profité de ma négligence pour fabriquer d'autres reçus, il majorait la somme, et fourrait la différence dans sa poche. Retournez à votre caisse, et surtout pas un mot... Quand Fargue sera de retour, je vous ferai appeler...

— Très bien, monsieur le Directeur...

Le banquier ne pouvait tenir en place. Fumant vite comme pour s'étourdir, il faisait la navette de son bureau à la fenêtre, puis il s'asseyait, écrivait quelques mots, s'interrompait, allant à son cartonnier, l'ouvrant, puis le refermant sans rien prendre, l'esprit ailleurs...

Il était onze heures moins le quart environ lorsque Pierre se présenta, le visage terreux. Il n'avait qu'une réponse assez vague au sujet de la place qu'il comptait obtenir d'emblée.

— Monsieur le Directeur voudrait vous parler, lui dit le garçon.

Pierre grogna, agacé :

— Oui, ça va bien.

Il pénétra en coup de vent dans son bureau, accrocha chapeau et pardessus à la patère puis, ayant procédé au lissage de ses cheveux devant la glace de la cheminée, il frappa à la porte de communication.

— Entrez.

Il s'attendait à de nouvelles doléances du banquier au sujet de sa mère, préparant des réponses ambiguës, improvisant des prétextes...

Il s'avança et négligemment :

— Vous allez bien?

Mais le banquier, laissant tendue la main de son secrétaire :

— Vous êtes un voleur, monsieur Fargue.

Pierre eut un soubresaut :

— Un voleur, moi, un voleur?

— Et je vais vous faire arrêter.

— Expliquez-vous, monsieur Goffé, expliquez-vous! chevrota Pierre.

Mais, d'un coup d'œil, il vit étalés sur la table, les reçus falsifiés, et fut secoué d'un frisson.

M. Goffé venait de sonner le garçon de bureau.

— Faites venir M. Félix.

— Bien, monsieur le Directeur.

Le banquier regarda avec un dédain mitigé de pitié son secrétaire qui se troublait, puis il prononça entre les dents :

— Et dire que vous alliez devenir mon gendre!... Quelle inspiration miraculeuse a guidé ma fille lorsqu'elle a quitté la maison? Admettez que la découverte ait eu lieu après votre mariage, que pouvais-je faire contre mon gendre, dites, monsieur Fargue? Vous vous êtes dit, en pensant à cette possibilité : « Je le tiendrai. » Mais c'est moi qui vous tiens, aujourd'hui...

Le caissier entra.

— Ah! monsieur Félix... Venez ici, asseyez-vous près de moi... J'ai besoin d'un assesseur pour juger monsieur, dont je voulais faire mon gendre et mon associé...

— Oh! monsieur Goffé, ne retournez pas le couteau dans la plaie supplia Pierre.

— Voyons, il s'agit de savoir à quelle somme se montent vos escroqueries compliquées de faux en écriture... Et vous savez où cela mène, les faux en écriture?

De Fargue, exsangue, n'avait plus la force de nier. Il supplia :

— Monsieur Goffé, oui, j'avoue... Mais, je vous en supplie, ne me faites pas arrêter... Ma mère ne supporterait pas cette honte...

— Prenez ces reçus, dites-moi de combien vous avez majoré chacun d'eux...

Résigné, Pierre avoua :

— Mille sur celui-ci, deux mille sur cet autre. Là, cinq cents... Pour le plus important, la mémoire me fait défaut...

M. Goffé prenait note des chiffres. Lorsque tous les reçus eurent défilé sous les yeux de Pierre, le banquier fit le compte :

— Vingt-cinq mille francs au bas mot.

— Oh! monsieur Goffé, vingt-cinq mille francs ce n'est pas une somme pour vous...

— Vous en avez de bonnes! éclata le banquier.

Son gros rire fit trembler les vitres.

Pierre reprit d'une voie de mélopée :

— J'ai vu si longtemps ma mère malheureuse... Quelles privations ne s'est-elle pas imposées pour moi?... Que de prodiges il lui a fallu accomplir pour se relever de cette misère qu'un léger vernis dissimulait aux yeux de tous! Que de dettes il a fallu éteindre!... C'est pour elle que j'ai volé, j'avoue... Elle me croit irréprochable... Ne me frappez pas trop durement, car en me frappant vous la tueriez.

Le banquier ricana :

— Vous vous y entendez, monsieur Fargue, pour faire vibrer la corde sensible.

— Je vous jure que je dis la vérité! pleurnicha Pierre.

Il était pitoyable, écœurant de platitude.

M. Goffé objecta :

— Vous avez volé surtout pour étouffer la voix de vos créanciers... Et il y a le jeu... le maudit jeu...

— J'avais cessé de jouer, monsieur Goffé, j'avais envoyé ma démission au cercle

— Dites plutôt que vous en avez été chassé.

Il protesta :

— Moi, chassé?

— Tout fini par se savoir.. Allons, prenez ce papier, une plume et écrivez...

Le banquier tendit un mémorandum que son secrétaire eut quelque peine à saisir, tant il tremblait.

— Vous y êtes?

Et d'une voix lente, bien scandée, il dicta :

— Je reconnais... avoir soustrait... à M. Goffé... la somme de vingt-cinq mille francs... en falsifiant des reçus qui m'étaient confiés... Je m'engage à lui rembourser cette somme intégralement à fin novembre courant... Signez et datez...

Pierre s'interrompit :

— Vingt-cinq mille francs à fin novembre? Mais, monsieur Goffé, comment voulez-vous que je rembourse une somme de cette importance?...

— Voilà une chose qui me laisse froid, par exemple, trancha le banquier, vous vous arrangerez... Autrement, je vous ferai coffrer. Je ne transigerai pas... Achevez d'écrire ce que je vous demande. Ensuite, vous pourrez vous retirer...

Pierre obéit, puis il demanda faiblement :

— Alors je quitte la banque?

— Le plus tôt possible... Mettez de l'ordre dans vos paperasses.

Et le directeur se tournant vers son caissier :

— Monsieur Félix, recevez tous les dossiers que vous remettra monsieur. Vous en ferez un inventaire que vous lui ferez signer.

Pierre passa dans son cabinet, suivi de M. Félix.

Lorsqu'il fut seul, le banquier relut la déclaration de son secrétaire et murmura :

— On dirait l'écriture tremblée d'un vieillard...

Il se leva :

— Maintenant, rue de Moscou.

Hâtivement, il endossa sa pelisse et sortit

Moins d'un quart d'heure après, il sonnait chez Mme de Fargue.

La jolie femme lui apparut dans un confortable peignoir mauve. Elle s'étonna :

— Encore vous, monsieur Goffé, et à cette heure?

— Oui... Je vous demande pardon... Il s'agit d'une affaire assez grave.

— Grave?.. Entrez, je vous prie...

Quand ils furent dans le salon, M. Goffé annonça :

— Votre fils m'a volé.

— Ah! mon Dieu!

Le charmant visage de Mme Goffé subit une si profonde altération que le banquier eut regret de sa rudesse. Il ajouta vivement :

— J'aurais pu le faire arrêter, mais j'ai pensé à vous... vous que j'aime toujours...

— Etes-vous bien sûr que Pierre soit coupable, qu'il n'y ait pas là-dessous l'œuvre d'un ennemi?... Nous en avons tant... Une erreur peut se commettre...

— Il a avoué, voici son aveu signé.

Et M. Goffé mettait sous les yeux de Mme de Fargue le mémorandum accablant.

Elle lut, mais l'émotion qu'elle ressentait était si forte qu'elle ne pouvait pleurer.

Le banquier la regardait attentivement, cherchant à sonder cette pauvre tête lasse où venait de pénétrer une désolation infinie.

Elle dit d'une voix morne :

— Mon fils, un voleur... Mon fils, un voleur... Mon fils... L'être adoré qui me rattachait à la vie, en lequel je mettais tout mon orgueil... Monsieur, il n'est pas de souffrance comparable à la mienne...

Elle chancelait. M. Goffé la retint, balbutiant :

— Si j'avais su provoquer une telle douleur...

Les yeux qu'il aimait contempler s'ouvraient démesurément. Il y remarqua un égarement de folie :

— Madame, madame, je vous en prie, remettez-vous... Votre fils aura du courage. Il travaillera, il réparera...

Elle s'écroula suppliante aux pieds du banquier :

— Monsieur, monsieur, pardon pour lui... Pitié... Ce papier, quelle arme dans vos mains! Il ne faut pas, il ne faut pas...

Elle étouffait, M. Goffé, doucement, l'aida à se relever :

— Allons, ne vous laissez pas abattre.

— Ce que j'endure est atroce, atroce...

La voix s'éteignait dans la gorge de la malheureuse.

Inquiet, craignant un accès de démence, M. Goffé lui remit le papier :

— Le voici... Soyez tranquille... Si vous avez peur que j'emploie cette arme-là, vous êtes rassurée.

Il y eut une détente sur le visage défait.

Mais l'émotion avait été trop rude. Le cœur, si souvent éprouvé de Mme de Fargue se crispa...

Un faible cri, la sensation d'un arrachement, et ce fut tout...

Goffé s'élança au moment où Mme de Fargue s'écroulait, entraînant dans sa chute une petite table-étagère.

Il pensa qu'elle n'était qu'évanouie, et, l'enlevant dans ses bras, il la transporta sur le canapé...

Quelques minutes après, Pierre arrivait.

Il entendit des sanglots, se jeta éperdu, dans la chambre bouleversée.

Tout d'abord il ne comprit pas. Les yeux hagards de M. Goffé l'effrayèrent...

— Morte... morte, gémit le banquier.

Pierre remarqua, le papier sur lequel se crispaient les doigts, les pauvres doigts raides qu'il aurait fallu briser pour leur faire rendre la pièce accablante.

— Et c'est vous qui l'avez tuée, fit Pierre d'une voix déchirante, vous monsieur Goffé!

Soudainement écroulé devant la morte, il l'appela, souleva la paupière, ne distinguant que le blanc des yeux éteints :

— Quelle affreuse chose!... Oh! mère, toi, si belle!...

Il se dressa, le regard fou. M. Goffé s'attendait à un geste de violence.

Pierre lui jeta :

— Vous l'avez tuée... Je suis un grand coupable, certes, mais si vous n'étiez pas venu révéler mon acte avec votre brutalité coutumière, je l'aurais préparée à ce coup... Elle vivrait encore. Oh! monsieur Goffé, si vous avez une conscience, elle ne vous pardonnera jamais votre lâcheté!...

Son visage, ruisselant de larmes, se tourna vers la morte :

— Pauvre maman!... pardon... pardon...

Une nouvelle crise de désespoir le jeta à genoux dans des convulsions inquiétantes...

Et, longuement, les deux hommes sanglotèrent devant l'infortunée doublement frappée par les événements qui réduisaient à néant et ses ambitions maternelles et sa fierté de femme irréprochable...

XXIX

Vers onze heures, Suzanne s'était levée.

— Alors, ça va mieux? lui demanda Emilie, en la voyant sortir de sa chambre.

— Un peu mieux... Et puis j'ai bien réfléchi. Je trouve si triste pour papa d'être toujours seul à table...

— C'est un bon sentiment... Monsieur est malheureux, réellement malheureux... Je crois que ça ne va pas avec Mme de Fargue.

— Qui vous fait supposer...

— Oh! quelques mots... par hasard... L'autre soir il avait besoin de se confier... Il était d'un triste, mais d'un triste... Je lui ai dit : « Il faudrait du mouvement autour de monsieur. » Il m'a regardée d'une drôle de façon, puis il m'a répondu : « Tout le monde m'abandonne. » Alors, pour savoir, j'ai rusé : « Oui, mais il est une personne que monsieur aime bien et sur laquelle monsieur peut compter. » A cette réflexion, j'ai vu les gros sourcils de monsieur se froncer. Puis il m'a dit tristement : « Ah! madame Goffé n'est pas encore remplacée... Je crois bien que je ne suis qu'une dupe, ma pauvre Emilie... Et puis, tenez, ne parlons plus de cela. » Monsieur craignait de m'en confier davantage...

— Est-ce qu'il aurait compris enfin que Mme de Fargue n'était pas sincère?

— Je le crois... Je vous assure, mademoiselle, par moments, ce pauvre monsieur me faisait de la peine... Je suis contente pour lui que vous soyez rentrée... Il vous adore... Tout le mal vient de cette femme... Si son influence pouvait être brisé, voyez-vous, je crois bien que monsieur n'insisterait plus pour vous faire faire un mariage qui ne vous plaît pas, et cela malgré votre acceptation... Après tout, vous êtes bien libre de refuser au dernier moment, pas vrai!... Je suis si soucieuse de vous voir souffrir!... Quand je pense que, depuis votre naissance, je vous berçais et vous consolais quand vous pleuriez... Vous seriez ma propre fille que je ne vous aimerais pas davantage... Je vous ai tutoyée jusqu'à l'âge de sept ans, moi, mademoiselle... Ce sont des choses qu'on n'oublie pas...

— Brave Emilie, je vous aime bien aussi, moi, vous le savez...

La conversation fut interrompue par l'arrivée de Clémentine.

— C'est étonnant, midi vingt, et monsieur n'est pas rentré...

A ce moment, l'auto du banquier s'arrêtait devant la grille. Pas de M. Goffé!

Inquiète, Suzanne fit signe au watman d'approcher.

François accourut :

— Monsieur a téléphoné pour dire que mademoiselle se mette à table, car il ne savait pas à quelle heure il rentrerait.

— C'est assez bizarre. Il n'a pas dit où il allait?

— Non, mademoiselle.

— Alors je vais servir mademoiselle, proposa Clémentine.

— Vous ne me servirez que deux œufs à la coque... Oh! simplement pour me soutenir, je n'ai pas faim.

Elle se mit à table, intriguée :

— D'habitude, quand il ne rentrait pas, nous savions qu'il déjeunait avec un client... ou un confrère...

Quel bonheur! Te rencontrer ici... (p. 47.)

Elle réfléchit un moment puis :

— Je me doute... Il n'a pas voulu me faire dire qu'il était chez madame de Fargue... qu'elle l'avait invité... Ils confèrent ensemble... Mon sort se décide... Cette femme tentera l'impossible pour rester maîtresse de la situation...

Elle déjeuna rapidement, monta à sa chambre, s'étourdit dans un inventaire laborieux de ses armoires, étalant son linge, ses effets, sur le lit, sur tous les sièges, pour chasser le spleen...

Vers deux heures, elle aperçut M. Goffé qui traversait le jardin. Elle descendit à sa rencontre.

Le visage bouleversé de son père la troubla.

Elle fut frappée de l'expression morne des gros yeux voilés par les larmes.

— Père, père, fit-elle effrayée, un malheur?

Il l'attira contre lui d'un geste convulsif :

— Madame de Fargue est morte.

Elle eut une exclamation de stupeur, observa un moment son père qui se dominait pour retenir ses larmes.

— Morte!

— Le cœur a fléchi... Ne me demande rien encore... Je te dirai tout, mais plus tard... Je souffre... C'est affreux... Laisse-moi seul.

Il entra dans le salon et s'écroula sanglotant. Suzanne le suivit.

— Père, père... Ne me repousse pas... Tu es bien malheureux!... Oh! la pauvre femme...

— Oui, tu l'avais mal jugée...

Sa voix s'étranglait. Il reprit :

— Maintenant te voilà libre... Va, épouse celui qui te plaît...

— **Mais alors Pierre?**

— C'est fini... Qu'il ne soit plus jamais question de lui... Il a abusé de ma confiance... et pourtant j'ai pardonné... Il est si malheureux!...

Suzanne enlaça le vieil affligé, pleurant avec lui...

— Père, ton chagrin m'effraie... Ne vas pas commettre une folie... Tu l'aimais tant, cette femme!

Il eut un geste et regard qui en disaient long, puis doucement :

— Tu vas retourner là-bas, près de M. Brénault qui t'a accueillie, tu trouveras celui que tu désires épouser... Pardonne-moi si je t'ai rendue malheureuse...

Elle l'embrassa.

— Non, je ne veux pas m'éloigner, je te sens trop frappé, j'ai peur...

— Je t'en prie, cède-moi... Pars... Ici c'est le deuil et le remords... Laisse-moi à ma solitude... Je vais m'occuper des obsèques de cette martyre... Si je fus la dupe de son ambition, je l'excuse. C'était une mère sublime, sublime comme la tienne, ma petite Suzanne...

— Alors, maintenant, tu ne reviendras pas à cette pauvre maman dont le retour doit avoir lieu bientôt?

— Non, ne nous demande ni à l'un ni à l'autre une chose impossible... D'ailleurs, j'ai décidé à mon tour de partir pour le Brésil.

— Tu vas partir seul?

Il hésita, puis :

— Non... Je pars là-bas avec Pierre... Oh! rassure-toi, après tout ce qui s'est passé...

— Mais enfin que s'est-il passé?

— A quoi bon te le dire... Sache seulement que j'éprouve une immense pitié pour cet être si cruellement frappé... Il avait pour sa mère une réelle adoration... Il est des coquins qui, par l'ardeur de leur amour filial, savent toucher et attendrir... Je sens que si j'abandonne Pierre, c'est un homme perdu... Je le protégerai, je le guiderai, en souvenir de Mme de Fargue, et aussi Suzanne, parce que je suis coupable.

— Toi, père?

— Hélas!... Retourne près de celui que tu aimes, qui t'aime; que ton bonheur soit un allégement pour la conscience du malheureux que je suis, qui faisait dépendre son bonheur futur d'un calcul égoïste...

XXX

A *la Roseraie*, ce matin-là, Ginette était sortie de sa chambre fort impressionnée. Elle retrouva M. Brénault dans la lecture d'une dépêche qu'il venait de recevoir : « Débarqué en excellente santé; je prends le train et arriverai à Paris dans la soirée. Jeanne. »

— Ah! ma petite Ginette, une bonne nouvelle, ta tante sera ici ce soir.

Ginette prit connaissancee du petit papir bleu et murmura :

— Pauvre tante, elle a hâte de revoir sa Suzanne. Quels tracas l'attendent encore!...

— As-tu passé une bonne nuit?

— Très mauvaise... Impossible de m'endormir... Enfin, vers trois heures le sommeil est venu tout de même... Un bruit de détonation m'a réveillée en sursaut... J'ai regardé la pendule : elle marquait cinq heures...

— Un coup de fusil, dans une propriété voisine.

— Vous en êtes bien sûr, monsieur Brénault?

— Certain.

— Vous me rassurez un peu. Je ne vous cache pas que David m'inquiète vivement.è

— Tu redoutes un drame?

— Sait-on?... Son désespoir m'effraie... J'aimerai mieux le voir se plaindre, se révolter, nous confier sa souffrance et ses regrets... Il y a quelque chose de brisé chez lui... Tenez, je suis sûre qu'il aurait surmonté son chagrin s'il n'avait jamais revu Suzanne... Maintenant c'est fini, ou il tombera malade, ou il se détruira.

— Quelle idée, Ginette!

— J'en ai le pressentiment... Hier soir, après le départ d'Olivier, et pendant votre absence, c'est lui qui m'a demandé de jouer la partition de *Werther*. Lorsque j'eus fini la sonate, je me retournai et je vis alors un visage impressionnant. David était assis sur le fauteuil que vous occupez, la tête en arrière, les paupières baissées... Son visage me paraissait ratatiné... Sa pâleur était celle d'un mort... Je me suis levée, j'ai crié : « M. David! » Il a ouvert les yeux tout grands... Oh! l'expression égarée de ces yeux-là! Je lui ai reproché en riant :

— Comment, vous dormiez, alors que je faisais de mon mieux pour ne pas vous paraître trop mauvaise pianiste, vous qui êtes un virtuose!

« Il n'a pas même souri, et m'a demandé d'une voix... comment dirais-je?... si lointaine, l'air des larmes, que j'ai hésité... J'avais le pressentiment de provoquer chez cet être fragile et impressionnable une consomption qui allait avoir un effet foudroyant... Quelle angoisse!... Heureusement, vous êtes rentré, monsieur Brénault. Votre présence m'a soulagée!... Alors, vraiment, vous êtes bien sûr que la détonation entendue ne vient pas de sa chambre?

M. Brénault sourit :

— Non, David n'a pas attenté à ses jours, malgré l'influence de *Werther*. Rassure-toi, Ginette.

Il souleva le rideau de la fenêtre et montra David se promenant dans le jardin :

— Voyons, est-ce là le masque tragique d'un jeune homme las de vivre. Regarde... Que dis-tu de cette expression souriante, apaisée, heureuse?... Il vit avec son rêve... Son rêve qui va bientôt devenir une réalité.

Ginette écoutait parler M. Brénault avec effarement.

— Est-ce de la folie?

— Oui, oui, de la folie... Tu dis la vérité, ma brave Ginette, David est devenu fou...

Elle jeta un cri.

— Fou de joie, reprit aussitôt l'aimable mystificateur. Pendant que tu dormais, que tu te reposais de ton insomnie, David se levait, s'habillait, descendait pour m'annoncer qu'il allait me quitter... Moi aussi je fus frappé de son attitude qui laissait prévoir une résolution désespérée. Je lui dis d'un ton rude :

— David, dois-je donc vous faire mes adieux? Ne m'assurez-vous pas, avant de partir, que je vous reverrai vivant?

Comprenant que j'avais deviné, il se jeta sanglotant dans mes bras. Il murmurait :

— Pourquoi m'avez-vous compris? Vous êtes donc comme ma pauvre mère qui prétendait avoir une double vue?

— Et qui ne s'était pas trompée, repris-je sévère... Comment, vous feriez cela, avec un talent comme le vôtre, un avenir qui s'annonce brillant?... Votre pusillanimité me désole. Vous ne méritez pas d'être aimé de Suzanne, courageuse et crâne. Si elle savait la résolution que vous alliez prendre, elle regretterait sans doute d'avoir écrit ces mots. Et tirant une lettre de ma poche, je la mis sous les yeux de notre désespéré. Il lut :

« Cher Monsieur Brénault,

« Un événement inattendu met fin à toutes nos vicissitudes. Mme de Fargue est décédée d'une embolie. Mon père me rend ma liberté d'action. J'épouserai David. De ce malheur naît un grand bonheur pour nous deux. Emilie prend le premier train du matin pour vous apporter cette nouvelle. Hier j'étais trop inquiète du désespoir de papa pour avoir le courage d'écrire. Je serai à la *Roseraie*, ce soir, vers six heures... »

Ginette était stupéfaite. Elle marmotait :

— Ainsi, Mme de Fargue est morte... Voilà Suzanne libre... Mais à quel moment Emilie est-elle donc venue?

— A la demie de huit heures, elle est repartie aussitôt, elle ne voulait pas manquer le train de neuf heures.

— Je m'explique maintenant la joie de David.

Et Ginette, qui partageait cette joie, allait s'élancer dans le jardin lorsque l'ingénieur la retint par le bras :

— Ne dérange jamais un musicien qui cherche l'inspiration, fit-il en riant... Tout à l'heure, je l'entendais fredonner. Cette victoire doit lui suggérer quelque joli motif de mélodie.

— Peut-être même une marche nuptiale pour nous quatre, monsieur Brénault?

— Hé... Je n'y pensais pas... Il faudra lui en donner l'idée...

***

Il est un peu moins de cinq heures. Suzanne, pressée, traverse la salle des Pas-Perdus pour gagner le guichet. Soudain, elle s'entend appeler. Elle se retourne. Mme Goffé en tenue de voyage, est devant elle.

Des exclamations, et c'est l'étreinte impétueuse, émouvante, prolongée. Les baisers chantent, mouillés de larmes.

— Quel bonheur! Te rencontrer ici... Tu savais par M. Brénault que je rentrais?

— Je ne savais rien, mère... Je prenais le train de Marly... Je vais t'expliquer... vite, vite, dépêchons-nous pour ne pas le manquer... Ah! il y a du nouveau depuis ton départ, depuis ma dernière lettre, du bon nouveau, je vais te raconter cela... Donne-moi ton sac, ma petite maman.

— Non, tu es assez chargée.

— Donne, donne...

Suzanne prend le sac de force, tandis que Mme Goffé, tout en se pressant, se penche sur la joue fraîche et moite de sa fille, ne pouvant se lasser de l'embrasser, malgré les minutes qui pressent...

Elles n'ont que le temps de gagner un compartiment de première. Le train s'ébranle...

Elles sont seules. Nouvelle étreinte, longue, longue...

Mon arrivée à Paris débute par une grande joie. Bon présage peut-être? s'écrie Mme Goffé dont le regard scrute, questionne, admire.

C'est alors le long chapelet des révélations sensationnelles. Avec sa volubilité coutumière, dont Mme Goffé se grise, Suzanne raconte succinctement l'histoire de son calvaire qui se termine par la délivrance. Parfois elle s'interompt : « Ah! il faut que je te dise... » Un détail lui a échappé.

Elle se reprend : « Voyons, où en étais-je restée?... Oui, c'est ça, je disais donc... » Ce babil étourdissant fait les délices de l'interlocutrice, indulgente, en extase devant son enfant toute vibrante. C'est à peine si elle peut placer un mot de temps en temps, interrompue presque toujours par un rire clair, un claironnant :

— Mais attends donc... écoute le plus beau... que je te raconte...

Et Suzanne, bien qu'ayant mis les bouchées doubles, n'a pas dit le quart de tout ce qu'elle avait à dire quand le train s'arrête à l'Etang-la-Ville.

M. Brénault, Ginette, David et Olivier, qui attendaient sur le quai, s'empressent près des voyageuses. Ginette bat des mains : « Joyeuse surprise... Elles se sont rencontrées, elles sont là toutes deux! »

L'ingénieur, fortement ému, tend les bras à la grande amie, tandis que Suzanne est accaparée par David :

— Petite aimée!...

Et dans l'ivresse des baisers permis :

— Alors c'est fini, on ne me le disputera plus ce cœur si précieux!..

Crispée à son bras, elle répond :

— Pauvre!... C'est bon de s'aimer... Ah! vivre tous deux dans ce *Doux Exil*, toujours, toujours, y faire notre nid, maman serait si heureuse...

— Oui, ma Suzanne, nous avions la même idée... Ce sera notre Eden...

EPILOGUE

Les deux mariages eurent lieu le même jour. La charmante localité engourdie avait eu, à cette occasion, un réveil aimable. Le soleil prit part au cortège. C'était comme une résurrection du printemps, un sourire de mai sur la campagne inerte.

La petite église où se pressaient amis et confrères du compositeur et du peintre, fut remplie d'une exquise musique de pastoral : inspiration délicate de David.

C'était à la fois simple et grand.

Mme Goffé, fière comme une reine-mère, émue, épanouie, transfigurée, savourait la joie d'une victoire qu'elle avait crue un moment acquise à l'époux redouté.

Le banquier d'outre-Atlantique avait envoyé une dépêche, que Suzanne trouva lorsque le cortège revint de la mairie :

« Mes souhaits de bonheur à tous. Pense un peu à celui qui s'est exilé volontairement. Si je ne suis pas revenu, comme je te l'avais promis, c'est que j'ai craint que ma présence jetât quelque froid sur cette fête des cœurs, à l'éclat de laquelle j'ai voulu contribuer en te faisant tenir un chèque, qui te seras remis aujourd'hui même. J'ai donné des ordres en conséquence. A mon retour, nous parlerons de la dot, je veux qu'elle soit digne de la fille d'un banquier. Mille tendresses... »

Suzanne trouva le chèque sous sa serviette. Il y avait été glissé par Emilie, en grande tenue : bonnet savamment plissé, tablier blanc, rajeunie avec ses joues enluminées, ses yeux qui pétillaient, son front radieux sous les cheveux d'argent.

Elle avait dit à sa petite maîtresse : « Je veux servir mademoiselle le jour de ses noces, au *Doux Exil*. » C'était impératif.

Elle se tenait droite comme un I, souverainement décorative devant la grande table de quarante couverts qui présentait un rectangle solennel de serviettes pliées en bonnet d'évêque.

David, trépidant de joie, s'approcha à pas de loup de Suzanne distraite par sa lecture, et se dissimulant derrière elle, il lui fait un masque de ses mains.

Elle devina :

— David!

Vite, il écarta les bras, contempla les yeux mouillés de sa petite femme et demanda, contrit :

— Des larmes, déjà?

Elle soupira :

LA CHANSON DE L'INCONNU

— Une dépêche touchante de père... Il faut l'aimer, il nous gâte.

Puis elle le regarda tendrement, attendant sa réponse.

Electrisé, il balbutia :

— Comme je vous aime!

Elle le taquina :

— Vous ne savez pas encore le dire très bien, comme je voudrais.

Il répondit du tac au tac :

— Celui qui mieux dit : « Je vous aime », est plus souvent celui qui ment... Puis-je faire mentir la chanson?

— La jolie chanson qui a fait deux heureux, conclut-elle en le couvrant de la neige de son voile, et en lui jetant autour du cou ses deux bras, où comme du givre miroitait le satin souple, elle balbutia :

— Mon petit mari!

FIN

PROCHAIN OUVRAGE A PARAITRE

COLOMBA

par

PROSPER MERIMEE

CHAPITRE PREMIER

Pè far la to vendetta,
Sta sigur', vasta anche ella,
VOCERO DU NIOLO.

Dans les premiers jours du mois d'octobre 181., le colonel sir Thomas Nevil, Irlandais, officier distingué de l'armée anglaise, descendit avec sa fille à l'hôtel Beauveau, à Marseille, au retour d'un voyage en Italie. L'admiration continue des voyageurs enthousiastes a produit une réaction, et, pour se singulariser, beaucoup de touristes aujourd'hui prennent pour devise le nil admirari *d'Horace. C'est à cette classe de voyageurs mécontents qu'appartenait miss Lydia, fille unique du colonel. La* Transfiguration *lui avait paru médiocre, le Vésuve en éruption à peine supérieur aux cheminées des* usines *de Birmingham. En somme, sa grande objection contre l'Italie était que ce pays manquait de* couleur locale, *de caractère. Explique qui pourra le sens de ces mots, que je comprenais fort bien il y a quelques années, et que je n'entends plus aujourd'hui. D'abord, miss Lydia s'était flattée de trouver au-delà des Alpes des choses que personne n'aurait vues avant elle, et dont elle pourrait par*ler *avec les* honnêtes gens, *comme dit M. Jour*dain. *Mais bientôt, partout devancée par ses compatriotes, et désespérant de rencontrer rien d'inconnu, elle se jeta dans le parti de l'opposition. Il est bien désagréable, en effet, de ne pouvoir parler des merveilles de l'Italie sans que quiqu'un ne vous dise : « Vous connaissez sans doute ce Raphaël du palais X..., à Y...? C'est ce qu'il y a de plus beau en Italie. »*

Et c'est justement ce qu'on a négligé de voir. Comme il est trop long de tout voir, le plus simple est de tout condamner de parti-pris.

A l'hôtel Beauveau, miss Lydia eut un amer désappointement. Elle rapportait un joli croquis de la porte pélasgique ou cyclopéenne de Segni, qu'elle croyait oubliée par les dessinateurs. Or, lady Frances Fenwich, la rencontrant à Marseille, lui montra son album où, entre un sonnet et une fleur desséchée, figurait la porte en question, enluminée à grand renfort de terre de Sienne. Miss Lydia donna la porte de Segni à sa femme de chambre, et perdit toute estime pour les constructions pélasgiques.

Ces tristes dispositions étaient partagées par le colonel Nevil, qui, depuis la mort de sa femme, ne voyait les choses que par les yeux de miss Lydia. Pour lui, l'Italie avait le tort immense d'avoir ennuyé sa fille, et par conséquent c'était le plus ennuyeux pays du monde. Il n'avait rien à dire, il est vrai, contre les tableaux et les statues; mais ce qu'il pouvait assurer, c'est que la chasse était misérable dans ce pays-là, et qu'il fallait faire dix lieues au grand soleil dans la campagne de Rome pour tuer quelques méchantes perdrix rouges.

Le lendemain de son arrivée à Marseille, il invita à dîner le capitaine Ellis, son ancien adjudant, qui venait de passer six semaines en Corse.

(A suivre.)

NOUVELLE COLLECTION NATIONALE

Autant de lecture que dans un volume à 9 fr.

95 cent. l'ouvrage complet illustré

(Envoi franco de chaque ouvrage contre 1 fr. 10)

OUVRAGES PARUS :

1. **Amants ou fiancés**, par Charles FOLEY.
2. **On a volé la Tour Eiffel**, roman mystérieux, par Léon GROC.
3. **L'Eternelle blessée**, par P. VIGNÉ d'OCTON.
4. **Un de trop**, par Arthur DOURLIAC.
5. **Sacrifice d'amour**, roman dramatique, par Pierre ZACCONE.
6. **La fiancée aux vingt millions**, roman d'aventures, par Rodolphe BRINGER.
8. **La Rançon du bonheur**, roman, par G. PRADEL.
9. **Le droit d'être Mère**, roman social, par Paul BRU.
10. **L'ensorceleuse. — Un cœur en loterie. — Le Marchand de fantômes. — Poisson d'Avril. — La Nuit tragique**, par A. CONAN DOYLE (*traduits de l'anglais par René LECUYER*).
11. **Le béguin des Muses**, délicieux roman par Charles DERENNES.
12. **Le Chambrion**, roman dramatique, par PONSON DU TERRAIL.
13. **Policier par Amour**, par Georges SPITZMULLER.
14. **Le Diable. — Les Deux Hussards. — Une razzia au Caucase**, par TOLSTOÏ (*traduits par Georges d'OSTOYA*).
15. **Isidore a des peines de cœur**, roman gai, par Rodolphe BRINGER.
16. **Pour son fils**, roman, par Amédée DELORME.
17. **Vif-Argent**, roman d'aventures, par Paul SAUNIÈRE.
18. **L'Assassinée du téléphone**, roman mystérieux, par Léon GROC.
19. **Le malheur des uns...**, roman, par Adrienne CAMBRY.
20. **Ursule**, dramatique roman, par J. MÉRY.
21. **Les Robinsons de Paris**, délicieux roman, par Georges BEAUME.
22. **Le secret du souterrain**, roman d'aventures, par Maurice JOKAY (*traduit du hongrois par J. L. FOTI et G. DELAQUYS*).
23. **La Châtelaine**, roman d'après la pièce d'Alfred CAPUS, par Jacques des GACHONS.
24. **La Jeunesse de Napoléon** (*extrait des mémoires de Madame la duchesse d'ABRANTÈS*).
25. **Le Mal de vivre...**, dramatique roman, par Georges MALDAGUE.
26. **Mariage d'argent**, roman, par Georges Pradel.
27. **Les Deux Fiancées**, délicieux roman, par Gaston DERYS.
28. **La Momie vivante**, par A. CONAN DOYLE (*traduit par Albert SAVINE*).
29. **Pierrette**, par HONORÉ DE BALZAC.
30. **Le Contrôleur des wagons-lits**, roman gai, d'après la célèbre pièce d'Alexandre BISSON, par André BISSON.
31. **Le père Serge**, par Léon TOLSTOÏ (*traduit par Georges d'OSTOYA*).
32. **Marion l'Idole**, roman historique, par Jean BOURDEAUX.
33. **Graziella**, par LAMARTINE.
34. **Frissons d'amour**, délicieux roman, par Charles FOLEY.
35. **Les Mystères du Bagne**, par Jean NORMAND.
36. **Le Risque**, roman, par Maxime FORMONT.
37. **L'Aimée**, délicieux roman, par Eugène JOLICLERC.
38. **Le Roman d'une Courtisane**, histoire de la DU BARRY, par Henry FRICHET.
39. **L'Etrange et Aventureuse chevauchée de Morrowbie Jukes**, par Ruydard KIPLING (*traduit par Albert SAVINE*).
40. **Après le Divorce**, émouvant roman, par Marie-Anne de BOVET.
41. **Un drôle de Fiancé**, amusant roman, par Rodolphe BRINGER.
42. **Raphaël**, le chef-d'œuvre de LAMARTINE.
43. **La faute amoureuse**, délicieux roman, par Maxime FORMONT.
44. **Les plus joyeuses aventures d'Aristide Froissart**, célèbre roman de Léon GOZIAN.
45. **Bons mots et anecdotes**, par DANIEL.
46. **Le Sang**, roman, par Eugène JOLICLERC.
47. **Le Million du père Raclot**, roman sentimental, par Emile RICHEBOURG.
48. **Chérie-Aimée**, délicieux roman, par Adrienne CAMBRY.
49. **Premier amour**, par Ivan TOURGUÉNEFF (*traduit du russe par E. HELPERINE-KAMINSKY*).
50. **La folle passion**, roman, par Marie-Anne de BOVET.
51. **Les amours de la duchesse de la Vallière**, histoire sentimentale, par Madame de GENLIS.
52. **Le roman d'une vieille fille**, roman, par Amédée DELORME.
53. **Un Lys**, émouvant roman, par Maxime FORMONT.
54. **Adolphe**, le chef-d'œuvre de Benjamin CONSTANT.
55. **Aimer ?...** roman sentimental, par Guy de TERAMOND.
56. **Elisabeth aux cheveux d'or**, par E. MARLITT (*adaptation de E. B. LANG*).
57. **Le Chemin de l'amour**, délicieux roman, par P. VIGNÉ D'OCTON.
58. **Napoléon intime**, raconté par son valet de chambre CONSTANT.
59. **Un cri dans la nuit**, roman dramatique, par Georges MALDAGUE.
60. **Les Enchaînés**, roman, par Eugène JOLICLERC.
61. **Ressuscitée**, amusant roman, par Jeanne LANDRE et Gaston DERYS.
62. **L'amour mystérieux**, roman, par Georges SPITZMULLER.
63. **Le tailleur de pierre de Saint-Point**, le chef-d'œuvre de LAMARTINE.
64. **Une drôle de maman**, amusant roman, par Alphonse CROZIÈRE.
65. **Werther**, de GŒTHE.
66. **L'obstacle**, roman, par Georges PRADEL.
67. **...Et l'amour triompha!** délicieux roman, par Rodolphe BRINGER.
68. **Un crime inconnu**, délicieux roman, par J. MÉRY.
69. **En prison**, par Maxime GORKI (*traduit par E. HALPERINE-KAMINSKY*).
70. **L'ombre jalouse**, roman, par Gaston DERYS.
71. **Les petites dames**, délicieux roman, par P. VIGNÉ D'OCTON.
72. **Geneviève**, de LAMARTINE.
73. **La seconde Femme**, par E. MARLITT (*adaptation de E. B. LANG*).
74. **Le sacrifice d'Eulalie Pontois**, roman, par Frédéric SOULIÉ.
75. **Carmen — La Vénus d'Ille — Tamango**, chefs-d'œuvre de Prosper MÉRIMÉE.
76. **Quo Vadis**, adaptation du célèbre roman d'Henrick SIENKIEWICZ.
77. **Un début dans la vie**, par Honoré de BALZAC.
78. **Idylle moderne et autres histoires gaies**, de Georges DOLLEY.
79. **La Vengeance de Liette**, roman, par Arthur DOURLIAC.
80. **La Maison des morts étranges**, roman mystérieux, par Léon GROC.
81. **La Chanson de l'Inconnu**, par Alphonse CROZIÈRE.

Prochain ouvrage à paraître :

COLOMBA

par Prosper MÉRIMÉE

IL PARAIT DEUX VOLUMES PAR MOIS LE 15 ET LE 30

EN VENTE PARTOUT

F. ROUFF, Éditeur, 8, boulevard de Vaugirard. — PARIS (XVe)

Paris. — Imp. PAUL DUPONT (Cl.).

www.ingramcontent.com/pod-product-compliance
Ingram Content Group UK Ltd.
Pitfield, Milton Keynes, MK11 3LW, UK
UKHW022139170726
13837UKWH00004B/1662

9 782329 174617